# El misterio de Olga, un secreto de Rusia

## GIORGIO GERMONT

Book Vine Press
2516 Highland Dr.
Palatine, IL 60067

Dios mío, ¿por qué me has desamparado?
¿Por qué estás lejos de mi salvación y del rumor de mis súplicas?
SALMO 22 DAVID

# Índice

**MAPA MUNDIAL Y FEDERACIÓN
RUSA, REGIÓN CHECHENIA**

FEDERACIÓN RUSA, ZONA DEL CÁUCASO

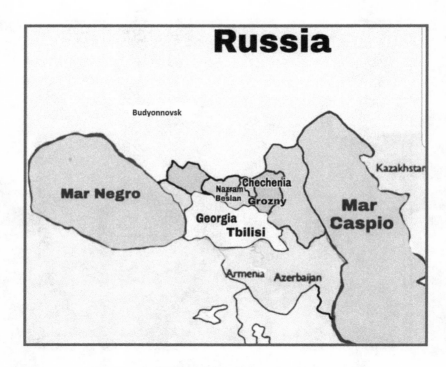

**FEDERACIÓN RUSA, ZONA DEL CÁUCASO**

**HOUSTON, TEXAS, EUA.**

# Prólogo

En el salón de su "consejería espiritual" la gitana se apoltronó a media luz en el sillón y extendió su ensortijado pelo sobre los hombros. Luego con ademán de gran señora alzó la mirada para ver fijamente a su cliente. Era un caballero alto de porte reservado y tranquilo; nariz recta, ojos negros con anteojos, barba tupida, bien recortada. La clarividente se dirigió a él,

—Siéntate David voy a leerte la palma de la mano.

David extendió sus manos sobre la mesa. Ella las tomó entre las suyas y las sobó varias veces observando las palmas por varios minutos con estudiosa concentración. Su voz ronca y sonora rompió el silencio:

—La palma de la mano izquierda es tu suerte, nos habla de los destinos que dios te dio. Sin embargo la mano derecha, esa habla de lo que tú has hecho con lo que el señor te ha regalado.

Aquí veo que tu línea de la vida es muy larga David, vas a llegar a viejo. No te obsesiones en exceso por tu salud. La línea del amor veo que es muy profunda, eres afortunado. Veo claramente a tres mujeres muy hermosas interesadas en tu cariño.

—Tres mujeres, ¿de qué hablas? si estoy comprometido con Jayme, ya fijamos la fecha.

—Caballero, la palma de la mano no miente. El destino es un misterio, puedes estar equivocado.

—La equivocada eres tú… le dijo David de manera airada y se puso de pie.

—Serénate hombre no te alarmes.

David no resistió más y se enfiló hacia la salida. La gitana abrió la puerta y lo despidió. El salió meneando la cabeza y mascullando:

"Esta hechicera está loca, cometí un error haber venido".

# Comentario del autor

David Davidoff, nuestro protagonista, el maestro de historia llegó a una conclusión muy reveladora: La Historia, los hechos asentados en los pergaminos y libros polvosos de las bibliotecas le enseñaron una lección fascinante. En este mundo, todos estamos conectados con todos, los actos de unos afectan a otros. Es como un velero en el que viajamos juntos de tripulantes. Es esencial que alguien recorte la vela y alguien más enrede la soga en los molinetes mientras un tercero sujeta el timón. Lo curioso es que el curso no está trazado, el nombre del puerto al que nos dirigimos es una interrogante.

Así, en esta historia dos hechos dramáticos ocurrieron el mismo día pero sucedieron en dos sitios lejanos y distintos, en polos opuestos del planeta. Expresando su voluntad inescrutable, el destino los conectó de una manera asombrosa. He ahí el meollo del asunto, veamos ahora como se desenrolló este ovillo de hilos de seda.

# Xhurikau

## La república Chechena de Ichkeria

### Agosto, 2004

Dmitry Bajanjan regresó a su casa en Nazrán una noche de agosto y encontró que por abajo de la puerta le habían deslizado un mensaje. Era una cita del Corán. "El todopoderoso no carga en un hombro más peso del que puede soportar".

El mensaje era señal que lo llamaba el Mariscal Basayev. Era una orden para reunirse con el pelotón clandestino Checheno que operaba en las inmediaciones de Beslan en el departamento de Ossetia del norte, Federación Rusa. Esa misma noche Dmitry, apodado "Mitya" fue a donde el coordinador, llamado Mufti, quien lo recibió sigilosamente. Tomaron el té y Mitya recibió instrucciones estrictas enviadas por el mandamás Checheno. Su momento de participar en la "Guerra Santa" había llegado. Mitya reunió sus humildes pertenencias cerró su casa con un candado y se ahuyentó de Nazran, su camino ya estaba marcado. Ya entrada la noche cruzaron la frontera en el vehículo guiado por Mufti.

Xhurikau era un pequeño villorio en las montañas de Chechenia. A unos veinte kilómetros de la aldea, en un páramo montañoso Shamil Basayev hizo derribar los pinos y en un claro construyó un campamento para los "mártires" que habían de desempeñar una labor de inteligencia. El terrorista más buscado de Rusia calculaba obligar la retirada total de las fuerzas de ocupación de Vladimir Vladimirovich Putin. Contaban ya casi diez años de invasión sangrienta. El triunfo checheno estaba a la vista en la imaginación de Basayev. Sus planes expresos eran sitiar la estación de policía y capturar por la fuerza una cantidad de rehenes de un cierto poblado ruso en la frontera entre Ossetia y Chechenia. El detalle exacto era un absoluto secreto.

Los arreglos de logística los había hecho Basayev con oficiales rusos de la zona. Pagó altas sumas de dinero como soborno y sus cómplices rusos participaron activamente en el armamento. Los pertrechos hicieron su arribo sin trabas al campamento guerrillero en el bosque de Xhurikau. Vagonetas militares rusas, las llamadas "Gazelle", uniformes, ropas de comando, armas ligeras, detonadores, explosivos. Un cache completo de guerra se acumulaba en la bodega del campamento checheno.

Todo caminaba bajo el ojo avizor del administrador del proyecto, Mufti no tenía un momento libre en su día al proveer también el alimento de un grupo nutrido de jóvenes fornidos quienes estaban ya bajo un entrenamiento intenso a diario. Nuevos participantes empezaron a arribar de tres en tres. Un total de cuarenta "mártires", en su mayoría chechenos, excepto diez sauditas, dos mujeres y un jihadi coreano. Todos ellos formarían el pelotón secreto. Al mando estaban tres lugartenientes musulmanes, Riyadus, Salikhin y Pokolnikov. Los jóvenes participantes no estaban informados acerca de los detalles del plan

Al arribar Mitya, lo recibió el sargento. Pokolnikov. Era un hombre bajito y malhumorado de barba cerrada y mirada penetrante. Gritaba las órdenes con mucha autoridad sin importarle el hecho que Mitya era un gigante comparado con él; le sacaba casi toda la cabeza de altura. Le dio instrucción detalladas en el uso de fusibles y detonadores así como explosivos plásticos los cuales Mitya con el primer destacamento se encargaría de posicionar estratégicamente la víspera del ataque.

Mufti fungía también como el "Imam" del grupo, era responsable de llamar al Azan y proveer los útiles para las abluciones y los tapetes para la oración.

La última semana de agosto se presentó Basayev y les dirigió la palabra a los "mártires". Los arengó a cumplir las órdenes sin permitir que nada les quitara la concentración en su trabajo. Rezó sus citas preferidas del Corán y les dio un recuento en breve de las atrocidades que los rusos habían cometido contra Chechenia. Basayev subrayó el genocidio perpetrado por Yusef Stalin en febrero 23 de 1944 del cual fueron víctimas sus propios padres y las dos guerras recientes de ocupación rusa en 1994 y 1997.

Luego se colocaron tapetes en el suelo y dijeron sus oraciones doblando su espalda hasta besar el suelo orientando sus plegarias hacia la Meccah.

Tomaron juntos una cena ligera y se retiró el mariscal acompañado de su séquito. Mitya y tres más habían sido seleccionados como un grupo de avanzada. Ellos eran los primeros que serían informados de los detalles exactos del plan. Partieron la madrugada del 30 de Agosto rumbo al objetivo. Su labor era preparar el escenario del ataque antes de la llegada el grupo entero.

El primer día de septiembre del 2004, un miércoles, los vehículos militares abandonaron el campamento antes de salir el sol. Con la cooperación de autoridades militares rusas sobornadas por Basayev lograron cruzar la frontera ruso-chechena por caminos que estaban cercados. Cortaron las cercas y rompieron los candados dando paso franco a los 35 "boyviki", terroristas, en camino a su destino.

Cuando llegaron a las inmediaciones de Beslan, ciudad que era el objetivo Pokolnikov les dirigió la palabra. Les informó que había un cambio de último momento en los planes. Aseveró que los rusos habían interceptado sus mensajes y les esperaba una emboscada en el cuartel de policía. Por tanto el nuevo objetivo era la escuela primaria número uno de Beslan.

Al saber del cambio, Hamida y Fatimah, las dos mujeres se opusieron. Estaban ya vestidas en sus uniformes con chalecos explosivos y se pusieron de pie.

—En la escuela hay muchos niños, ¡no es justo ponerlos en peligro! —dijo airadamente Fatimah, mientras Hamidah asentía con la cabeza.

—Yo tengo mis órdenes y las debo de seguir —contestó Pokolnokov—, si no quieren participar aquí pueden apearse.

Pokolnikov volteó a mirar al chofer y le gritó:

—¡Alto, detén el camión!

Miró fijamente a los ojos negros y llorosos de Fatimah y Hamidah, con sus caras semicubiertas por un "chador" o velo islámico.

—¿Cuento con ustedes, sí o no?

Las dos se miraron entre sí y estuvieron de acuerdo.

—No.

—Entonces bájense ahora mismo. No me hagan perder mi tiempo.

Con el índice les indicó la salida. Se encaminaron con la cabeza baja rumbo a la puerta del camión y descendieron los escalones seguidas por el comandante. Pokolnikov les hizo un ademán para que se alejaran del vehículo a un lado y le obedecieron. En ese momento se subió al camión y ordenó al chofer que arrancara. El sargento sacó de su bolsa un detonador y apretó el botón. Una ensordecedora explosión conmocionó a todos. Vieron volar por el aire los cuerpos descuartizados de las hembras. Trozos de piernas, una cabeza, brazos amputados. Envueltas en el humo y la explosión murieron así las dos "mártires". Su sangre bañaba de rojo el pasto amarillento a la orilla del camino.

Pokolnikov vio fijamente a todos los demás y les gritó:

—¿Alguien más está en desacuerdo con los planes del Mariscal Basayev?

Nadie dijo "esta boca es mía". Pokolnikov tomó asiento y el trayecto siguió en absoluto silencio salvo el ronroneo del motor V-8 de la Gazelle.

# Jayme

## El destino es un misterio

Fort Bend, Texas, EUA
Septiembre 1, 2004

El viejo edificio del cabildo de Stafford, Texas, pasó a manos privadas. Después de una restauración abrió sus puertas como un salón de eventos bajo la razón social de "La Plantación de Stafford". Se hallaba en la ribera sur de un antiguo camino que se había convertido en la actualidad en una autopista de cuatro carriles. La antigua Texas90 fue una ruta vecinal que unía varios pueblos aledaños con Houston, el gigante petrolero del sur que en su extrema voracidad, se los comió a todos. La tarde del 1 de septiembre de 2004 se celebraba en el establecimiento una ceremonia de compromiso nupcial. Los rayos naranja del sol se desvanecían lentamente y en su lugar aparecían los fanales de los autos y la iluminación pública.

El frente del edificio estaba dominado por dos grandes olmos que estiraban sus brazos gigantescos como protegiendo la entrada. En su fachada el edificio era una estructura a dos aguas hecha de troncos de madera con techo de tejas y un inmenso ventanal. A través del mismo se veían las brillantes luces de los candelabros en el interior. A los lados del edificio crecía un jardín con setos de arrayanes acentuados por las azaleas de tenue color rosa y por el bermellón de las rosas.

Jayme y David se habían conocido casi un año antes, se inició un romance entre ellos que terminó con el anillo de compromiso. Ambos vivían en Fort Bend y se querían de verdad.

Al llegar al edificio David vio a tres jovencitas uniformadas en trajes de chiffon verde y chales grises. Conversaban animadamente al frente de la entrada. Al verlo, se acercaron:

—Qué guapo te ves con ese chaleco de seda y esa corbata de moño, David. ¡Estás estupendo! Las tres le dieron sendos besos y siguieron conversando. En el ropero de su casa David tenía únicamente camisetas de color negro y pantalones de mezclilla. Así era su vestuario, extremadamente sencillo. No era esclavo de la moda. Sin embargo, en esa ocasión, por consejo de su madre, se había esmerado en vestirse con elegancia.

David entró al edificio. Detrás del mostrador un individuo canoso de anteojos fue quien le dio paso a la oficina privada. Era el administrador del establecimiento, el señor Traveaux, caballero de unos cincuenta años de edad individuo de tez rubicunda un poco obeso y afeminado que se presentó a sí mismo con un monólogo:

—Bienvenido a mi hogar míster Davidoff. Este recinto es como si fuera mi propia casa. Esta noche usted y su grupo son mis invitados de honor.

Acto seguido abrió una carpeta y dio paso al aspecto de negocios; una lista de los artículos a con sumir esa noche: champaña, bocadillos de jamón del diablo; como platos fuertes, camarón lampreado y lomo de res asado. Un costo de cincuenta dólares por persona. Traveaux le presentó la factura de $1,950.00. David tomó el papel y aseveró que pagaría la nota después de mostrársela a Jayme antes de cerrar la noche.

Abandonó el privado y se dirigió a la barra. Un dolor de cabeza le pulsaba en las sienes. Le hacía falta café y un *whisky* doble. Se lo sirvieron y se puso cómodo en un sillón libando su bebida sobre hielo. Trató de ignorar las contracciones involuntarias del párpado izquierdo. Se puso de pie al ver entrar a Jayme vestida de blanco. Al cuello llevaba una mascada rosa y gris. Iba muy a tono con su pelo rojo que lo había peinado de lado y hacia arriba terminando en un bollo con brillantes. Lucía elegante y bella. Se acercó a darle un beso.

—Qué hermosa te ves cariño —le dijo al oído mientras ella esquivó sus labios y comentó en voz baja:

—No te quiero manchar de lápiz labial mi amor. Las chicas la rodearon muy animadas y en cosa de minutos se retiraron con ella al tocador. Había veinte personas en la lista. Una por una se fueron presentando. Las recibieron cortésmente en la puerta David y Kurt Rhine, el padre de Jayme. Traveaux sonó una campanita, se alisó los bigotes, se ajustó los espejuelos y dijo:

—Damas y caballeros por favor pasen al salón Bowie y tomen asiento. Recuerden apagar sus teléfonos celulares y bipers.

Un pianista acariciaba el teclado con temas de jazz ligero. La concurrencia buscaba su nombre en los tarjetones blancos en cada mesa. Los manteles blancos acentuaban el oro del vino Chardonnay y el guinda del vino Merlot. La cena comenzó y los invitados comentaban las delicias. El ruido de las conversaciones aumentó diez decibeles. Jayme estaba sentada en la mesa de honor junto al podio. Llegaron los postres y se sirvió el café. Kurt Rhine se acercó al podio para dar inicio a los discursos de la ocasión. El padre de Jayme era un hombre muy alto con el pelo plateado. Se ajustó sus espejuelos y agradeció la presencia de todos. Explicó que ahora que Jayme había encontrado al amor de su vida su único dolor era saber que sus propias obligaciones para con Jayme llegaban a su fin. El señor Rhine quedaba conforme solamente con saber que ella sería muy feliz al lado de su marido. Varias personas tenían lágrimas en los ojos. Llegó el momento para que tomara la palabra David. El novio se fue acercando al podio mientras la concurrencia lo animaba y lo recibía con algarabía.

—¡Adelante, bravo David! Él se acomodó los anteojos y ajustó la luz del podio. De su bolsillo sacó un papelito doblado en cuatro partes y lo desdobló cuidadosamente. Dirigió la mirada por encima de las caras de los asistentes que esperaban escucharlo con atención y se aclaró la garganta. Sintió una tremenda presión en la sien y estiró la mano para sujetar el vaso de agua que estaba sobre el podio, pero el vaso que se escapó de sus manos y se esparció el agua. El señor Traveaux se aproximó con una servilleta en las manos, limpió la frente de Rhine y la solapa del saco y recogió el vaso. David se acercó al micrófono de nuevo. Enfocó la mirada sobre el discurso en su mano y observó una parvada de cuervos que volaban en remolino sobre el papelito blanco. Era un huracán de plumas negras que azotaba la página. Pronunció las primeras palabras:

—Gamejars eo ceabelrrs…

Nadie entendió nada.

Las aves seguían volando sobre la hoja. David trató de decir algo pero esta vez se quedó mudo. Se le voltearon los ojos hacia atrás y cayó al suelo estrepitosamente. Sus anteojos se escaparon. Una exclamación de asombro brotó de las gargantas. Kurt Rhine fue el primero en asistir a David quien había caído boca abajo. Se arrodilló junto a él tratando de voltearlo. Traveaux apareció en acción y entre varios pudieron acomodar a David boca arriba sobre el piso de parquet. Tenía la cara ensangrentada. Respiraba con dificultad, permanecía inconsciente. Vera Rhine exclamó:

—Dios mío, qué horrible, ¿no hay un doctor? Alguien llame por favor a la Cruz Roja.

Los voluntarios horrorizados vieron la espuma con sangre que salía de su boca. Comenzaron entonces una serie de espasmos con las manos, con las piernas. El cuerpo entero de David fue presa de una convulsión. Sus pies golpeaban una silla que estaba junto a él. Entre los tres más cercanos lo sujetaron de los miembros para impedir que se hiciera más daño. Por la boca, la espuma y la saliva le chorreaban y le mojaban el cuello de la camisa. Se escuchaban las sirenas; se aproximaba la ambulancia. Las gargantas estaban secas. Las damas se tapaban la cara con las manos y contenían sus lágrimas. Los hombres volteaban para otro lado, apretaban las quijadas y los puños. Pareció una eternidad la espera del auxilio médico.

Los socorristas entraron al salón y colocaron una camilla junto al enfermo. Cuando lo pudieron examinar, ya la convulsión había cesado. David Davidoff se hallaba inmóvil y tenía la palidez de un muerto. Jayme derramaba sus lágrimas de rodillas junto a él. Al subirlo en peso sus músculos estaban totalmente flácidos. La cara y su chaleco estaban ensangrentados, su respiración era ruidosa y profunda. Lo taparon con una sábana y dejó el recinto en la camilla sin dar señas de vida. Tres minutos después la sirena emitió sus aullidos y se alejó esquivando el tráfico de la Texas-90. Los invitados observaban hipnotizados las luces rojas de la Cruz Roja que se alejaba a gran velocidad.

# 1

## El hospital de Fort Bend
## Salmo para un infante difunto

### Septiembre 3, 2004

Después de veinte horas en estado de coma el inválido abrió el ojo derecho lentamente. No tenía la menor idea de quién era ni de dónde estaba. Descansaba a solas en una habitación fría y silenciosa. Le dolía la lengua que estaba muy hinchada. Era de noche, por la ventana entraba una luz neón. Trató de incorporarse pero lo frenó un pinchazo en su brazo derecho; eran una aguja y un suero. Miró de nuevo a la ventana de cortinajes grises. Sus ojos se cerraron y retornó a la inconsciencia.

El viernes 3 de septiembre del año 2004, el enfermo del cuarto 214 del hospital regional de Fort Bend se recuperaba de un ataque epiléptico que lo había derrumbado a un estado de coma.

Apenas dos años antes, el verano de 2002, Davidoff se había mudado a Houston de su ciudad natal de El Paso. Aceptó una posición de maestro de apreciación musical y ciencias humanísticas en el departamento de educación del suburbio llamado Fort Bend.

David era un apuesto joven de ojos negros un poco tímido e introvertido quien prefería las bibliotecas a los gimnasios. Un hombre alto de pelo negro y anteojos, nariz recta, barba y bigote tupidos, con una sonrisa apacible.

El teléfono de la habitación del hospital sonó dos veces, era Jayme,

—Buenos días, David. ¿Cómo te sientes, cariño?

—Estoy adormilado.

—¿Qué dijo el doctor? ¿Cuál es el plan?

—Puedo salir por la tarde.

—Yo te recojo a las siete después que cierre la tienda.

—Gracias Jayme.

—Adiós.

Los párpados de David se negaban a mantenerse abiertos. Se encontraba en un estado de pesadez química y cansancio mental. Un torrente de imágenes le invadieron el cerebro: la fiesta, las flores, su traje nuevo, las orquídeas de Jayme, el balance sin pagar de la cena, un elefante sentado sobre su pecho…

—No puedo pensar en todo esto, lo atiendo después.

Alcanzó el cordón del teléfono y lo desconectó. Se dio vuelta y se tapó los ojos con el brazo. Apenas se quedó dormido y tuvo un sueño:

«Salía por la puerta principal del hospital caminando rumbo a casa. En el sueño se veía a sí mismo caminando por la acera, la brisa hacía ondear su bata. Arrastraba el poste con el suero conectado a su brazo. Mientras observaba el tráfico se dirigía al puente que cruzaba el río Brazos. Iba caminando tranquilamente y al llegar al puente decidió seguir caminando por la ribera y cruzar el río nadando. Pronto se presentaron unos grandes álamos con su sombra para cobijarlo. Un grupo de garzas se asustaron y graznaron mientras levantaban el vuelo. Las pantuflas de David se deslizaban suavemente en el pasto húmedo de la ribera y a unos metros vio las aguas que corrían con velocidad. Escuchó un grito:

—¡Ayy, ayy!

Era un grito desesperado de un chiquillo que trataba de salvarse arrastrado por la corriente.

—Ah —se dijo— es el niño rubiecito, el que vi en la tele.

Era el chiquillo que había aparecido en las TV noticias de la tarde sobre un atentado terrorista que había sucedido en Rusia. David le gritó:

— ¡Hola! ¡Hey chico, ven acá!

Estiró la mano y lo alcanzó a tomar por el brazo. Sus ojos estaban abiertos desmesuradamente y en el pómulo tenía una herida ennegrecida, como de un balazo. Lo sujetó fuertemente y justo en eso David se tropezó con el tronco de un árbol y cayó al suelo. El cuerpo del chiquillo se sumergió bajo las aguas desapareciendo de inmediato. Solamente la espuma daba vueltas en la superficie pero no había señas del chico. David recostó su pesada cabeza de espaldas sobre el fango y miraba al cielo. Nubarrones oscuros cubrían el firmamento. La luz del sol era apenas visible. Así permaneció con sus ojos abiertos sin pensar en nada sin ver nada rumbo a la nada».

La noche anterior la enfermera había visitado al enfermo del cuarto 214 y le había administrado sus medicinas. Era la dama quien le dio los pormenores de su llegada al hospital en ambulancia, inconsciente, víctima de un grave ataque de epilepsia. David había perdido la cuenta de veinticuatro horas de su vida. El 1 de septiembre de 2004 era como una nebulosa gris y lejana que flotaba sin rumbo en el éter del universo.

El televisor empotrado en la pared vociferaba las noticias con el volumen muy alto. Era la CNN con noticias de última hora. El ruido tenía mareado a David. Su mente, estaba inmersa en una espesa neblina, un pesado sueño como una losa. Por un instante abrió los ojos y vio la tele. Una anciana aparecía llorando en la pantalla. Se cubría con una pañoleta de color gris sus largas canas. Cada línea revelaba un rostro desgarrador: gritaba, lloraba y se jalaba los cabellos. Tenía los ojos casi cerrados, hinchados de tanto llorar. Vestía un humilde vestido de campesina, como un mantón, como un saco de harina de color negro estampado de estrellas amarillas. Sus manos apretaban con fuerza un pañuelo. Se limpiaba las lágrimas y la nariz que le goteaba constantemente.

"¿Qué le pasa a esta mujer? ¿Por qué llora tanto?", se preguntó David. "¿Es una pesadilla? ¿Qué pasa?".

El enfermo veía el mundo como reflejado en un espejo esférico, las imágenes distorsionadas.

El segmento noticioso mostraba por unos instantes la foto de un jovencito de escasos años de edad con una camisa de cuadros azules y blancos. El nombre aparece en la pantalla: Soslan Tomaczevich. Era la foto de un chiquillo risueño con dientes de conejito y piel muy clara. La imagen cambiaba y mostraba escenas del día anterior. Un soldado acarreaba en sus brazos el cuerpo maltrecho e inerte de un niño muy pálido vestido solamente en calzoncillos. Los brazos le colgaban. La cabeza iba suelta, sin vida. El soldado rápidamente se alejó cargando a la víctima. Ahora el camarógrafo volvió su enfoque al sitio de la tragedia, el gimnasio de una escuela. En el inmueble vacío y calcinado había personas consolando a la anciana que lloraba. Un sacerdote ortodoxo con barbas y un tocado negro se le acercó y le dijo algunas palabras en ruso. La traducción apareció:

"¿Qué te pasa madre? ¿Por qué lloras así?"

La anciana lo miraba y lloraba mientras agitaba las manos con desesperación y le gritaba en la cara.

"¡Es mi niño, mi Soslan! ¡Me lo han matado, lo masacraron esos demonios!"

Se tapaba la cara y lloraba desconsolada de nuevo. El prelado la abrazaba y la consolaba:

"Maoli bogou, pídele fuerza al Creador. El Señor te consolará."

La mujer lo increpó:

"¿Maoli bogou? ¿Para qué, fuerza para qué? ¡No hay nada que nadie pueda hacer! Mi niño está muerto. Se me fue para siempre."

La mujer unía sus manos en oración y mirando hacia las nubes gritaba:

"¿Por qué te lo llevaste, Dios mío? Solamente tenía nueve añitos. Mejor te hubieras llevado a esta vieja inútil que no sirve para nada. Llévame con él, Dios mío. No puedo vivir así, por favor. Haz que me muera en este momento. ¡Mátame Dios mío!"

Ahora las imágenes mostraban una hilera de tanques, un convoy militar que rodeaba una escuela. Era el desenlace del asedio terrorista a una escuela primaria en la ciudad de Beslan, departamento de Ossetia del Norte, Federación Rusa. Es la franja sur de Rusia, la región del Cáucaso muy cercana a la peligrosa frontera con Chechenia la república separatista. Se iban los tanques y aparecía una congregación de pueblerinos rusos compungidos. Las mujeres lloraban, los hombres con caras largas y las manos en las bolsas, en completo estado de *shock*. Adormilado el enfermo no alcanzó a comprender cómo se pudo cometer un acto de violencia tan sangriento. Apagó el televisor.

Un pesado sueño se apoderó de él, la tragedia le apretaba el pecho, sentía que el curso de su vida estaba dando un vuelco dramático. Vio en su mente, una profecía, la enfermedad le arruinaría todo. Anticipó que la tela de su existencia se iba a deshilachar por completo.

Dormía en su propia cama cuando lo despertó una migraña. Fue a la cocina, un sol rojo quemaba los álamos y los sicomoros. Mientras estaba de pie lo tomó por sorpresa el espejismo de un incendio, podía ver entre los árboles las brasas de un ardiente amanecer. Reposó su mirada en el marco que él había colgado en la ventana:

"De Jehová es la tierra en su plenitud;
el mundo y los que en él habitan.
porque él la fundó sobre los mares,
y la afirmó sobre los ríos."

Era el XXIV, su salmo favorito. Una parvada de cuervos se posó en las ramas del jardín graznando al sol. Halló su refugio en una taza de café y dos aspirinas. Desde que volvió del hospital padecía de temblores involuntarios en el párpado izquierdo y veía de pronto aerolitos y cometas que nublaban su vista. A las siete y quince sonó el teléfono, era ella, Jayme, su prometida. Se dieron los buenos días y comentaron acerca de lo que lo aquejaba. "Se te va a quitar todo, ya lo verás, necesitas una sesión de Yoga terapéutica", dijo Jayme.

Aunque David se consideraba a sí mismo un hombre espiritual y balanceado, ahora sentía que el horizonte estaba inclinado completamente hacia la izquierda… el mundo se estaba cayendo.

Una semana después llegó a la esquina de la calle Roble con la Montrose, el sol estaba en lo alto. El anuncio de color amarillo con el dibujo de los cinco dedos de una mano y un ojo en el centro de la palma rezaba:

## CONSEJERIA ESPIRITUAL – REIKI – YOGA TERAPEUTICA

Era un establecimiento sencillo, un domicilio remodelado. Un joven abrió la puerta y lo invitó a pasar. Se llamaba Abraham. El interior estaba a media luz. Había un pequeño escritorio en la entrada. Una joven delgada de pelo negro le estrechó la mano enérgicamente.

—Hola David, soy Patricia.

Tenía una voz firme pero agradable, la sonrisa a flor de labios, ojos negros y nariz aguileña. Ella era la dueña de la academia y Abraham era su asistente.

—¿Trajiste algo ligero para vestir en la sesión? — preguntó.

— sí.

—Ahí está el baño. Te cambias de ropa y damos comienzo a la meditación.

Le tomó varios minutos acostumbrar sus ojos, el recinto estaba oscuro salvo por dos lámparas. Las ventanas estaban tapadas con mamparas de madera. Patricia le indicó que tomara una colchoneta y una almohada y se despojara de sus zapatos para entrar al salón de la terapia.

Era un cuarto de seis por seis metros, piso de madera con almohadones y tapetes dispersos por doquier. Al fondo junto a la pared varios cirios y palillos de incienso estaban encendidos. Una música oriental reinaba en el ambiente, sonidos de campanas y gongs entre un marco de cantos de pájaros y el susurro del viento.

Patricia le indicó,

—Lo primero es tener la posición correcta —se aproximó la yogui tomándolo de los hombros— Párate aquí sobre este tapete con tu espalda contra la pared y apunta con tus dedos hacia el centro del cuarto.

Ella le tomó el mentón en sus manos. Sus movimientos eran ágiles y con autoridad.

—Voy a sostener tu quijada para enderezar la columna cervical. Relaja tu cuello, yo lo voy a controlar.

Lo estiró así por unos minutos.

— Ahora dobla tu espalda. Una por una las vértebras tienen que dar de sí. Cuelga tus manos al piso hasta que puedas tocar la punta de tus pies. Hazlo despacio sin forzarte. Toma una respiración profunda y a la vez que doblas la espalda deja salir el aire, exhala muy despacio.

Se acercó Abraham y le pidieron a David que se acostara en el tapete boca arriba con las piernas apretadas contra la pared y procedió a abrir sus muslos como un compás. Constantemente Patricia le dictaba:

—Respira muy profundo, respira hasta el ombligo y luego hasta el corazón y finalmente hasta la garganta. Llena tus pulmones por completo. Luego aguantas la respiración y dejas el aire escapar muy lentamente por la nariz. Concéntrate en la respiración a la vez que estiras tus muslos al máximo.

Luego le doblaron las rodillas hasta tocar su pecho y Patricia, con los movimientos ágiles de un gato se metió entre David y la pared para ayudarle con sus piernas a estirar al máximo el compás. Estaban muy juntos los tres Patricia estaba a unos centímetros de su rostro, percibía su aliento.

—Respira profundo por la nariz —sus ojos negros se enfocaban en la cara de David y le ordenaba—. No pienses en nada, concéntrate. Quiero que te imagines que estás viendo una ventana de cristal abierta de par en par y afuera hay nubes blancas en un cielo azul, nubes muy blancas y nada más. Si tu mente quiere divagar detenla y piensa en tu respiración, concéntrate en la fuente de tu vida; tus pulmones, tu pulso, los latidos de tu corazón.

Así transcurrieron los minutos. Ella dijo,

—Abre los ojos, siéntate y mírame a la cara. Abraham lo sostenía fuertemente por la espalda, transmitiendo su calor de piel a piel a través de las ropas tan ligeras. Los yoguis estaban más interesados en una intervención espiritual. Pretendían ayudar a que él mismo hiciera frente a sus demonios mentales y los venciera de una vez con la fuerza de la voluntad.

—Ahora toma tu palma de la mano derecha y apóyala aquí contra mi pecho mientras yo hago lo mismo —dijo Patricia—. Tu mano izquierda la puedes descansar en tu rodilla.

Al mismo tiempo Abraham aumentó la presión sobre la espalda empujando a David a una cercanía absoluta con la cara de Patricia quien le miraba a los ojos mientras tenían sus manos en el pecho de uno y del otro.

—Respira profundo y dices "Ohm", se repite tres veces es un "mantra" de la India.

—Un momento —dijo David—. Yo tengo mi propio mantra.

—Cuál es, dímelo

David contestó:

—Dios mío, haz de mí un instrumento de tu paz.

—Ah, muy bien —dijo ella— lo tomamos y lo vamos a cambiar. Ahora dices: "Señor Dios yo soy instrumento de tu paz". Repítelo conmigo, mírame a los ojos, hazme el honor de regalarme tu mirada. Mira directamente a mis ojos. Respira profundamente y repite conmigo: "Señor yo soy tu paz. Señor yo soy la paz". Repítelo tres veces.

—Yo soy la paz. Yo soy tu Paz. Yo soy mi paz.

Al final de la oración estaban suspendidos los tres en una misma respiración y un mismo latido de sus corazones, en intenso contacto físico. Patricia le dijo,

—Ahora toma una respiración muy profunda y al momento de exhalar, vas a lanzar al viento todo tu pasado. Comienzas de cero, como un recién nacido. Se aleja de ti cualquier carga que lleves en los hombros. Piensa únicamente en éste momento, el ahora, el hoy. Lo demás no importa.

Un recipiente con incienso encendido penetraba en su olfato, aumentaba la temperatura, un gong tibetano sonó en ese momento.

—Me siento mareado, Dijo David

—Ya casi terminamos —dijo ella— ahora vamos a tomar una última respiración muy profunda y decir "Ohm" mientras sentimos la energía de nuestros cuerpos.

Los yoguis apretaron sus torsos contra el de David y juntos los tres exhalaron un grito de Ohm. David sintió que se desvanecía. Abraham tomó la espalda de David y lo dejó reclinarse acostado en el tapete.

—No te muevas respira profundamente.

Duró así diez minutos reposando. Le cubrieron la frente con una toalla húmeda de olor a yerbabuena. David sentía que todo le daba vueltas pero de pronto una corriente de frescura y gran tranquilidad invadió su mente. Se sintió aliviado, recobró su equilibrio y le dieron agua. Patricia le dio instrucciones de ir a casa y descansar al menos dos horas, de tomar muchos líquidos y después darse una ducha con agua fría.

David estaba poseído por esa frase: "Yo soy mi paz". Una sensación de tranquilidad y serenidad se había apoderado de él, elevaba su espíritu a una atmósfera nueva, un panorama de nubes y árboles. Las sensaciones de vacío y desesperación se habían esfumado. Al cruzar la calle rumbo a su auto lo deslumbró la luz del día.

# 2

## Quién era Mitya
## Un hombre acostumbrado al olor de la sangre

Beslan, Ossetia del norte, Federación Rusa. 2003

Una taza vacía estaba sobre el fregadero. Había migajas de pan esparcidas sobre la mesa. Dmitry Bajanjan, alias "Mitya" y llamado por algunos como "Aleksei" había terminado su desayuno. Se asomó por la ventana a la hora en que la noche no había terminado aún y el día no se atrevía a comenzar. Una gruesa neblina se enredaba entre las ramas de los abetos. La casa estaba sola. Al chiquillo lo habían entregado con la abuela y Mikhailovna ya estaba por llegar al trabajo. Mitya se vistió, tomó una manzana de la canasta sobre la mesa y se fue a la calle. Al llegar al matadero, había un montón de gente afuera. Seis guardias estaban tomando lista a todos los que entraban. Mitya se acercó a uno de sus compañeros y preguntó:

—¿Qué pasa, por qué no nos dejan entrar?

—Es la policía, están investigando ahí dentro. Mataron a alguien.

Esperaron más de una hora en la línea. Al terminar, la policía los dejó entrar y una camioneta vino a recoger el cuerpo. Cuando Mitya entró al cuarto de los carniceros se dio cuenta de lo que había pasado. Su íntimo amigo Nikolas había sido encontrado sin vida por el guardia de la mañana. Estaba colgado de un gancho, "patas arriba". Le habían cortado la yugular de un tajo. Había sangre en el piso pero la mayor parte se había escurrido en el resumidero. Una nota escrita a mano estaba clavada en su pecho con una daga. El mensaje en ruso rezaba: "cerdo checheno".

Mitya se acercó al cuerpo desangrado de su amigo temblando de rabia y de dolor. Cuán tenue es la línea que separa la vida y la muerte. Apenas antier estaban tomando el té juntos, y ahora Nikolas estaba ahí, colgado como una res en la carnicería. Los policías estaban esperando para descolgar el cuerpo. Mufti, otro compañero, vino donde Mitya, le jaló de la manga y le cerró un ojo. Se alejaron los dos rumbo a los inodoros. Al entrar al cuarto, Mufti lo increpó:

—Te hablamos anoche Alexei, pero no contestaste.

—Estaba con Mikhailovna.

—Aghh, nos hiciste falta, mira lo que ha pasado…

—Sí, lo siento.

—Te hablamos tres veces, pero no estabas.

—No dormí en mi casa.

—No sabemos a qué hora lo sacarían a éste de la cama.

Hay que andarse con cuidado.

Mufti le dio un papelito arrugado, hecho una bola y se lo metió en una bolsa. Le guiñó un ojo y le dijo:

—Aquí está la dirección para la junta de en la noche.

—Bien.


Las pesas y la política no eran lo que alimentaba a Dmitry. Él se ganaba el pan de otra forma; era carnicero. Para su fortuna el matadero era el lugar ideal para procurarse los mejores cortes de carne necesarios para mantener sus enormes músculos. A la hora de la comida, Mitya y sus compañeros se despojaron de sus overoles sangrientos y se quitaron los guantes. Aparecieron en su gloria física los músculos perfectos y abultados de Mitya, un famoso levantador de pesas quien formó parte en un tiempo de la selección pre olímpica de Rusia. Se enjuagaron las manos ensangrentadas Estiró sus trapecios y los pectorales mayores y sus poderosos bíceps. Despojados de su ropa de trabajo tomaron un descanso bañados por el sol que estaba en el cenit. Montones de nieve sucia mezclada con lodo ocupaban la superficie del patio del matadero.

Mitya tomó su mochila y sacó un pañuelo enredado y anudado en un bulto. Sus dedos gruesos y rasposos desataron el nudo. Abrió el bulto. Estaba enredado en un retazo de tela color verde con rayas amarillas. La colocó frente a él a manera de mantel. Adentro había rábanos curtidos, una longaniza de cerdo cortada en tajos grandes, siete papas cocidas y un puñado de huevos duros. Los compañeros también abrieron sus sacos. Todos juntos tomaron asiento sobre unos barriles de sal, recargaron sus espaldas reclinadas contra la pared de bloques de concreto del edificio número dos del rastro. En medio de los cinco había un barril volteado de lado con una tabla clavada encima. Sobre esa imitación de mesa había dos hogazas de pan negro, un frasco grande lleno de té, tasas de aluminio y un frasco de mostaza. En silencio tomaron sus alimentos.

El sol les quemaba la cara. Había en las inmediaciones espacios cubiertos de pasto amarillento que se adivinaba a través de la nieve. Una parvada de cuervos se posaba sobre el alambre de púas y se escuchaban sus graznidos. En el muelle, junto a un vagón sobre las vías, los ferrocarrileros habían preparado un flete de cajas de carne congelada. Cuando terminaron de comer, antes de entrar al cuarto de carniceros, Mufti le susurró al oído a Dmitry:

—No te olvides de la reunión en la noche.

Mitya asintió con la cabeza sin decir palabra. A paso lento se dirigieron a las mesas de destajo. Al entrar al cuarto, Iván, un barbudo, apretó el botón rojo. El motor emitió un quejido metálico, impulsó la cadena y comenzó a rotar el carrusel llevando por el aire en sus garfios trozos de carne que volaban lentamente.

Los pisos eran de concreto, en declive, con un gran resumidero en el centro. Pisos bañados continuamente por regadores automáticos, paredes blanquecinas, sanguinolentas. En ese salón gigante, las vacas cortadas en cuartos, suspendidas en el techo, ignoraban la fuerza de la gravedad. Dmitry con un fierro a forma de arpón, dirigió los trozos, tomó control de las canales que iban pasando por el aire circulando de izquierda a derecha. Colocó los trozos de carne viva y humeante sobre la mesa de destajo y destazó las carnes, era un hombre acostumbrado al olor de la sangre.

El partido separatista de Chechenia odiaba más a los soplones que a los propios rusos. Los traidores eran chechenos fratricidas que se atrevían a espiar para la Federación Rusa. Eran responsables de innumerables atrocidades. Habían causado con sus indiscreciones cientos de arrestos que resultaban en juicio sumario y ejecución inmediata del activista y su familia o peor aún. Si el checheno se dejaba capturar vivo seguían interminables semanas de tortura. Semanas de interrogatorio en las que inevitablemente delataba y exponía aún más la vida de otros miembros del movimiento.

Dmitry por su parte no era ni se consideraba a sí mismo un imam educado y con gran conocimiento del Corán. Comía cerdo y tomaba vodka si le daban la gana. Si le hacía falta una mujer, la buscaba sin remilgo alguno. No importaba quién fuera. Él no era ni filósofo ni un erudito de la insurrección y la propagación del Islam. Estaba consciente de que él era solamente garfio y músculo en el movimiento. Tan solo con estar de pie junto a Dmitry era sentirse como junto al parapeto de un bloque de granito. Su quijada era cuadrada y prognática, dientes fuertes y parejos, con un espacio entre los dos incisivos de en medio. Tenía una semi sonrisa que era como una mueca. Su piel era color de oliva. Su pelo era grueso como alambre que se salía por abajo de su tocado islámico, su taqiyah.

---

Esa noche cuando salió de la reunión tomó la derecha en Leningrad Prospekt. Se enredó en su chamarra de piel de borrego. El viento pegaba duro. Mantuvo la mirada al piso contra el frío y caminó diez cuadras hasta la parada del tranvía. En su mente Dmitry solamente deseaba estar libre de las botas de los rusos que eran un como un escupitajo diario sobre tierra chechena.

Conocía por señas el barrio donde vivía el traidor cuyo nombre estaba escrito en el recado que le dio Mufti.

Era una barriada mísera, el lado suroeste de la ciudad. El trayecto sobre rieles le tomó escasos treinta minutos. Al llegar a su parada caminó aún seis cuadras más. Se detuvo en la esquina y examinó el barrio. Era una hilera de viviendas muy parecidas, casas humildes. Los techos eran colores café y gris. Había chimeneas al por mayor. El humo muy negro se elevaba a las nubes. La iluminación pública era escasa. Había un porche que servía de entrada de una vecindad. El callejón estaba desierto pasadas las 11:00 de la noche. Había una leve llovizna casi como un rocío suave. Tocó la puerta del 718 del Gorky Prospekt. Un hombre muy delgado abrió. Llevaba un bigote muy ralo y vestía una *djallabah*. Lo llamó por su nombre:

—¿Aibek Hamid?

—Buenas noches.

El hombre respondió y saludó:

—Dobry vecher.

Se escuchó un grito.

—¡Hahh! ¿Eres tú Kirgui?

Dmitry reconoció ese rostro. Una mueca de dolor y sorpresa apareció también en la cara de la víctima; se conocían.

Kirgui era un barrendero que trabajaba en el matadero. Su madrastra era de Kirguistán, de ahí el mote. Pero él era checheno. Dmitry le dio un puñetazo en la cara y lo arrastró diez metros hacia el fondo del callejón. El barro estaba cubierto de nieve sucia. A media cuadra un auto avanzaba por el asfalto doblando la esquina. Sin embargo, hizo una pausa y se dio vuelta en "U" y sus luces traseras como dos pupilas rojas se fueron esfumando. El carnicero levantaba en vilo a su víctima de las solapas. Le corría sangre por la cara y tenía la nariz fracturada. Se le cayó la capucha. Su pelo era enhebrado y sucio la barba larga y áspera.

—¿Cómo te atreviste a hacer esto Kirgui? —le gritó el hombrón que ya había desenvainado la cimitarra con la derecha y sostenía por el cogote a la oveja sacrificial en la izquierda.

—¿Cómo te atreves a vestir el uniforme ruso a cooperar con la Spetsnaz? Cerdo traidor, ¿no te da vergüenza? ¡Bastardo!

Lo dejó caer. El prisionero se desplomó llorando en el barro del callejón oscuro. Empezó a temblar. Era como una convulsión. Su cuerpo entero sacudido con violencia por el llanto. Pasado un minuto el hombre del caftán se incorporó, se secó las lágrimas en la manga y se puso de rodillas. Dmitry le increpó.

—Sabes muy bien lo que te mereces, traidor.

Paralizado por el drama, el cautivo, consciente de su destino, sollozaba en silencio.

—Respóndeme Kirgui, ¿qué le debes decir a tu dios antes de morir? ¡Responde!

El verdugo le dio una tremenda patada en el costado y lo lanzó de nuevo al suelo dando tumbos. Se quedó ahí quieto sin tratar de huir. Sollozaba en silencio. Comenzó a levantarse. Apoyó sus palmas en la tierra y adoptó la posición de un mahometano en oración. Elevó la mirada al verdugo y le vio a los ojos. Dmitry volvió a preguntar:

—¿Qué le debes decir a tu Señor Allah con tu último suspiro? ¡Contéstame!

La voz del checheno temblaba, era ronca y sorda. A pesar de que lo interrumpían las lágrimas alcanzó a decir:

"Allah, señor mío, apiádate de mí."

Fueron sus últimas palabras. En un tranco el carnicero atenazó su cabellera con la izquierda y rápidamente le pasó el cuchillo a través de la garganta. Lo degolló de un tajo como se sacrifica un chivo; lo aguantó en vilo un instante y cuando el torrente cálido de sangre corría a borbotones lo lanzó al piso sin miramientos. El moribundo se ahogaba en su propia sangre. El verdugo limpió la daga en el caftán del ejecutado, devolvió la hoja de metal a su vaina y desapareció bajo el manto de la oscuridad

---

Mitya se dirigió de prisa a donde Mikhailovna. Le tocó en la ventana y la mujer lo dejo entrar. Le puso sus dedos en los labios:

—SShh el niño está dormido…

Sigilosamente entraron a la recámara y al mirarlo en la luz exclamó.

—Mira nada más esas ropas, lleno de sangre. ¡Ay Dios mío!

Tomó una sábana del armario y se la tiró en la cara:

—Toma, desnúdate dame todo para lavártelo.

Mientras ella lavaba sus ropas el carnicero se dio un duchazo, limpió su cuerpo de los restos de sangre y de vísceras. En noches como esa se quedaba a dormir en casa de ella unas horas y se ahuyentaba con el amanecer. Era un fenómeno asombroso para la joven mujer el ver como aquella mole de hombre, dos metros y diez centímetros, ciento veinte kilogramos de músculo y agresividad, aquella inmensa humanidad se tornaba en sus brazos en un dulce de leche, un corderillo. Después de sentir sobre su cuerpo los embates apasionados de las caderas de Mikhailovna, al triunfar el placer y su desmayo Mitya dormía como un recién nacido. Ella le cuidaba su sueño. Se sentía bendito en los brazos de una hembra que lo hacía reír y llorar de gozo en sus noches sangrientas. Qué ironía que ella imaginaba que era la Magdalena lavándole los pies a Jesús el Cristo.

A veces pasaban semanas sin señas de Dmitry. Ella no lo extrañaba, se sometía a sus deseos en principio porque él era demasiado poderoso. Y también tal vez porque le inspiraba lástima o quizá porque siendo viuda y con un hijo sentía la protección de aquel hombre tan fuerte. En la intimidad ella sabía que Mitya la necesitaba mucho pero ella no.

# 3

## Recuerdo de los juegos olímpicos
## Únete a la guerra santa hermano

Verano, 2004

Dmitry llegó a Tbilisi por la tarde a presenciar la final de las olimpiadas de Atenas. Fue el día en que conoció a Khattab, el líder revolucionario de origen saudita. Rodeado de sus amigos musulmanes presenciaron juntos la final de levantamiento de pesas. Algunos amigos lo llamaban Vasily por su parecido con el famoso Vasily Alexeievich, el ruso ex-campeón del mundo en levantamiento de pesas. Mitya todavía no era miembro del partido separatista de Chechenia. No le interesaba estar conectado con las raíces del conflicto. Solamente sabía que los rusos habían asesinado a su padre y a un hermano. No le interesaban ni la política ni la religión. Ésa fue la noche que iba a competir Georgi Asanidze el famoso campeón del mundo, originario de Georgia. Llegó el momento y un reportero comenzó a relatar el evento:

> *"Asanidze está en el templete del gimnasio Nikaia de atenas. El veterano olímpico pulsa la barra y toma la medida exacta del levantamiento con sus puños cerrados en el hierro. Sus ojos están fijos en el espacio al frente, hay 205 kg en la barra. Aprieta las quijadas, el reloj marca 55 segundos. Contrae los hombros, levanta la barra y la detiene con el pecho haciendo una sentadilla profunda. Aguanta tres segundos, respira, se pone de pie y aguanta el peso. Empuja al frente la pierna derecha, aprieta los hombros y sube la barra por encima de la cabeza balanceando por más de tres segundos. Aaahhh, qué gran esfuerzo, técnica perfecta."*

> *El sistema de sonido explota: "Giorgi Asanidze, de Tbilisi, Georgia, campeón del mundo, ganador del oro olímpico."*

La algarabía era ensordecedora, todos se abrazaron y gritaron ¡Giorgi, Giorgi! Mitya abrazó al dueño del café, quien apartó a Mitya de los demás y le dijo al oído:

—Quiero que conozcas a alguien.

Lo jaló de la manga y lo condujo al interior del establecimiento. Sentados al final de la barra había cuatro hombres de enorme estatura y un quinto con barbas y tocado arábico. Tenía la mirada muy intensa y saludó a Mitya con un "Marhaban..." y los ademanes salameros. Conversaron unos cuantos minutos. El árabe le dijo que el mariscal Basayev era aficionado a las pesas y estaba orgulloso de la trayectoria de Dmitry, de sus glorias cuando formó parte del equipo pre olímpico. El hombrón se sintió halagado y al final se despidieron con un fuerte abrazo al tiempo que el árabe le decía: "Ya pronto te van a ir a buscar, salaam aleikum..."

⊰⊱∘◦◦∘⊰⊱

Unos días después, Mitya estaba con sus ayudantes en el gimnasio de Nazran en Ossetia. Las perlas de sudor corrían por su frente. Sentado en el banco levantaba 300 libras alternadamente por adelante y por detrás de los hombros. Llevaba una toalla anudada en la cabeza. Hamid, le secaba la cara y le daba de tomar chai. Se escuchó en la oscuridad la frenada de un auto frente a la casa. Abrió la puerta y entró en escena un comando vestido en ropas de camuflaje, el polvo de la calle entró al cuarto. Mitya tosió tres veces. El hombre portaba una Makarov al cinto. Dio unos pasos estudiando los rincones del humilde gimnasio y saludó con un rezongo.

—Marhaba Hamdel Allah.

Así también respondieron los cuatro, mirando a los ojos al hombre armado, de tez morena. Le ofrecieron té pero lo rechazó.

—¿Hay alguien más en el patio? —preguntó.

Tariq respondió que no. El guerrillero salió del cuarto y dejó abierta la puerta. Se quedaron inmóviles. Escucharon la voz del comando que daba el reporte en un *walkietalkie*: "Sí aquí está, no hay peligro. Listo y fuera."

Esperaron en silencio a que regresara el personaje pero no lo hizo. Pasaron varios minutos. De pronto se escuchó el sonido de motores y en un instante arribaron tres Toyota Hilux, con ametralladoras en la torreta. Era un pelotón armado. Se escuchó el abrir y cerrar de las puertas. Eran seis soldados. Un minuto después llegó un individuo de baja estatura y una mirada muy intensa, cojeando al caminar. Vestía un saco militar color gris con tres estrellas en cada hombrera. Su mostacho era muy grueso y negro. Sus botas resonaron mientras dio unos pasos en el recinto y tomó en sus manos la jaula de las pesas. La zarandeó para sentir el peso. Reinaba un absoluto silencio. Una lámpara de keroseno estaba sobre una mesita cerca de la cocina. El oficial les indicó con el dedo a Hamid, a Tariq y al entrenador que abandonaran el recinto. Despidió también a su guardaespaldas y se quedó a solas con Mitya. El oficial dio unos pasos a su alrededor y le ordenó que levantara la barra. Mitya obedeció. Hizo las repeticiones, los poderosos tríceps y trapecios pulsaron la carga. Terminó dos series. El oficial al fin le dijo:

—El movimiento te necesita. Los rusos matan a tus hermanos y los arrojan en un callejón. Hace falta un hombre fuerte. Para hacer justicia —reinaba un pesado silencio— ¿Sabes cuántos intentos de asesinato se han hecho contra mí?

—No, mi general.

—Al menos veinte en los últimos tres meses. ¿Ves esta pierna dura? —Se golpeó la pierna con su fusta— es de plástico. Me la voló una mina en el campo de batalla defendiendo a tus hermanos en contra de estos cerdos rusos, ¿lo sabías?

—Sí, mi general.

—Cuánta gente me traicionó, cuántos me han vendido por unos rublos a ese borracho infiel, el cerdo de Yeltsin y a su sucesor. ¿Acaso lo sabes?

—No, mi general.

—Son muchos, uno cada semana. ¿Y tú, me vas a traicionar también?

—No, mi general.

—Si te atrapan y te torturan, vas a abrir la boca. ¿Me vas a entregar desgraciado?

—Nunca, mi general.

Lo golpeó muy fuerte en la espalda con el cinturón y le gritó:

—¡Te castigarán hasta hacerte sangrar, lo sabes! ¿Me vas a entregar tú también?

—Nunca, mi general.

—¿Estás seguro? Le gritó y le dio otro golpe con la hebilla en las costillas.

—Ggrrrrhhh —Mitya se quejó sin decir palabra.

Se incorporó y se hincó en oración en el suelo rindiendo tributo al general de rodillas. Recibió aun en esa posición más castigo en su espalda. Era un juramento de hermandad con sangre el que estaba firmando.

Luego el mariscal gritó:

—Le voy a meter un gancho por la trompa a ese cerdo ruso y le voy a arrancar las mollejas, hasta que se desangre el asesino. Les voy a arrancar los hígados curtidos por el vodka. Esos corruptos, millonarios y disque comunistas, generales de cinco estrellas; los que manejan al presidente como un títere. Así le voy a ganar, igual que en Budyonnovsk (*). Ya lo verás "Bawa". Ya llevan diez años en Chechenia, no los aguanto un día más. Te lo juro por Allah. Los voy a echar a patadas por mi madre y por mi hermana y todos mis hermanos asesinados y por esta maldita pierna de palo que me sostiene.

—¿Sabes quién soy yo?

—Tú eres Shamil Basayev, mi general.

El oficial era calvo, de nariz recta y una barba muy negra y tupida. Le fijó la mirada directamente a los ojos:

—¿Me juras lealtad por encima de todo Bawa (hermano)?

—Sí, mi general

—El movimiento necesita hombres como tú.

—Estoy a tu disposición mi general.

Así le contestó el fortachón sin atreverse a mirarlo a la cara. Sus ojos fijos en el suelo. El general se puso de nuevo su cinturón, lo miró a los ojos y le dijo:

—Lo único que espero de ti es una absoluta lealtad. ¿Me entiendes?

Mitya movió la cabeza afirmativamente.

—Dímelo en voz alta ¿Puedo contar contigo?

—Sí, mi general.

Para cerrar, le dijo:

—Yo te mando instrucciones y dinero en el momento necesario.

Luego añadió un versículo islámico:

"Los creyentes son hermanos, defiende a tus hermanos y Allah todopoderoso tendrá misericordia de ti."

Así se retiró el mandamás recitando la Surat número 49 del Corán. Su lugarteniente les dio la señal a los otros:

—¡Listo, vámonos!

Se subieron a las Hilux, encendieron los motores y formaron una polvareda al arrancar a toda velocidad.

---

(*) Nota del autor BUDYONNOVSK

El 14 de Junio de 1995, Shamil Basayev al mando de 200 comandos cruzó la frontera chechena e invadió por cinco días la cercana población rusa de Budyonnovsk. Primero atacó la estación de policía y luego capturó el hospital de la localidad. Se cometieron violaciones y asesinatos a sangre fría arrojando el siguiente saldo de víctimas rusas: muertes: 130 civiles, 18 policías y 18 soldados. Heridos: 451. Edificios privados y de gobierno destruidos o dañados: 160.

El 19 de Junio se retiró Basayev con su contingente y llevó consigo más de 100 rehenes rusos como salvoconducto para cruzar la frontera con Chechenia y llegar de nuevo a sus bases. El presidente Boris Yeltsin declaró un cese al fuego, capituló para evitar más sufrimiento y pérdida de vidas inocentes. De ahí se originó el acuerdo de paz firmado en 1996 en las inmediaciones de Grozny, en el poblado de "Khasavyurt". Logró separarse Chechenia de la Federación Rusa.

---

# 4
## Clarissa y David
## El Pentámetro Yámbico

### Otoño 2004

Después de la tragedia del primer ataque, a David le tomó menos de 100 días para ir resbalando por la pendiente de la miseria al fondo de un pozo muy oscuro. Los ataques convulsivos eran frecuentes y lo dejaban agotado por días. Perdió el trabajo, su jefe le dijo: "Lo siento mucho pero no me queda otro recurso que darte de baja. Te deseo lo mejor, Dios te cuide". Las visitas de Jayme se fueron ausentando desde el primer mes. Cuando hizo el esfuerzo de volver a la normalidad y buscar en sus labios el calor humano que lo tenía sediento ella no le pudo quitar la sed. Estaba fría y distante y para colocar el último clavo, quedó claro que David estaba afectado de impotencia. La deseaba con el alma pero de la cintura para abajo estaba inerte.

"La impotencia es muy común", dijo el doctor Cereceres, cuando le comentó su vergonzoso problema. "Un alto porcentaje de pacientes epilépticos pierden la libido por la enfermedad o por los efectos secundarios de las drogas contra las convulsiones". Desde ese día, David dejó de buscar a su prometida. Perdió la licencia de conductor por su estado de salud, dejó de pagar la renta y le llegó un aviso de cancelación de su apartamento. Jayme lo citó una mañana a tomar una taza de café. Sin decir mucho ella se secó una lágrima, le dejó la sortija en la palma cerrada de la mano y salió corriendo del restaurante para nunca más volver.

A David el mundo se le vino encima. Tuvo que entregar su auto a los abogados de la agencia. Recibió una nota para la desocupación del apartamento en Fort Bend en un plazo máximo de 72 horas. Acudió a recoger su correspondencia. La portera se atrevió a indagar de sus planes de matrimonio. David, sonrojado, le explicó que habían roto el compromiso. La dama le pidió disculpas por su impertinente pregunta. Encontró en su buzón un panfleto con remitente de "Pentámetro Yámbico", una compañía de teatro de aficionados de Shakespeare, de la que había formado parte. Decidió asistir de nuevo a la primera oportunidad.

Al ir por la acera con paso cansino se paró junto a él un auto; era su amigo Memo Guerrero:

—Hey David, ¿a dónde vas?

—Voy a casa.

—Sube yo te llevo. ¿Cuéntame qué haces?

Memo, su amigo íntimo de la preparatoria escuchó los detalles de su resbalada por el lodo de la miseria y la enfermedad y sin dudarlo le ofreció ayuda. Memo era divorciado y vivía solo en una modesta casa de dos recámaras. "No te mortifiques, aquí puedes quedarte a vivir cuanto tiempo te sea necesario. Tendrás techo y alimento. Si quieres limpiar la casa, se te agradece pero no es obligatorio".

David se convirtió en ama de casa. Limpiaba, barría, trapeaba, lavaba los trastos, hacía humildes intentos de cocinar y agradecía a Memo que le hubiera abierto su puerta. Así se convirtió la labor de David en el trabajo de una mujer. Ama de casa. Al pensarlo a fondo, en verdad no sentía vergüenza, porque las personas preferidas en su mundo, contadas apenas con los dedos de una mano, eran mujeres.

Dos semanas después, David fue en autobús al que había sido su departamento —ahora vacío— en Fort Bend a recoger el correo y encontró entre diversos cobros una nota manuscrita en la que se leía: "Estimado David, quiero invitarte a que regreses a Pentámetro Yámbico. Supe que has estado enfermo pero siempre serás bienvenido. Esperamos verte pronto. Atentamente, R. M.".

Se llegó el día de la reunión de teatro. David entró a la iglesia y ahí estaba una joven muy atractiva que formaba parte del grupo, sentada sola. Ya la conocía y ella se le acercó sonriente,

—Hola. ¿Te acuerdas de mí? David titubeó:

—¿Ofelia…?

La damita sonrió:

—Una vez interpreté el papel de Ofelia, pero mi nombre es Clarissa.

Se rieron los dos. Recordaron los viejos tiempos. La joven era muy agradable.

David se tomó un café en compañía de Clarissa y ella le preguntó cómo se sentía, y cuáles eran sus planes. David comentó que estaba recuperando lentamente sus fuerzas pero le iba a ser difícil encontrar un trabajo debido a su reciente enfermedad.

Clarissa era también maestra, ella lo animó mucho diciendo:

—En la escuela donde yo trabajaba hay vacantes, sigue insistiendo, hacen falta más maestros

---

Dos semanas después, al término del ensayo de aficionados de Shakespeare, David se despidió de Clarissa con un beso en la mejilla y ella le sonrió. Él se arropó y salió a la calle.

Al salir Clarissa del edificio una ráfaga de aire casi le vuela los anteojos. Se cerró el impermeable y corrió a su auto. El tránsito era lento, el pavimento húmedo obligaba a los conductores a manejar con precaución. Ella dio la vuelta en la carretera número 6, pasó frente al edificio del ayuntamiento de Fort Bend, una joya arquitectónica. Llovía fuerte. Vislumbró la cúpula blanca, las paredes de ladrillo rojo, las esquinas de cantera blanca, las cuatro columnas en la cima de la escalinata. El semáforo estaba en rojo, ella esperó la luz verde divagando. Observó que una señora cruzaba rápidamente la calle y se dirigía a la esquina. La siguió con la mirada y comprendió que se reunía con varias personas que se agrupaban junto al cobertizo de la parada del autobús. Eran unos jóvenes y unas damitas, era como un pequeño hormiguero en revolución. Clarissa advirtió que unos se ponían de rodillas. La lluvia arreció. Clarissa vio la luz verde y se orilló lentamente hacia donde el grupo que estaba en tremenda agitación. Alguien estaba tirado en el suelo. Era un herido, algo grave estaba pasando. Clarissa puso las luces de emergencia y apagó el motor. Se bajó corriendo a tratar de ayudar al herido.

"Qué pasa, qué está pasando?", preguntó ella.

Un hombre en pantalones de mezclilla y chaqueta negra estaba inconsciente en la acera, sus lentes estaban tirados al lado, se agitaba en convulsiones, le temblaban las manos y los pies. Le salía sangre y espuma por la boca. "Dios mío", es mi amigo… es David". Cayó en la cuenta que la víctima del ataque de epilepsia en la banqueta de la parada del camión no era otro que el compañero con quien hacía una hora recitaban juntos a Shakespeare. "Dios mío… se va a morir aquí en la calle". Una ambulancia pasaba por la carretera 6 y ella le hizo señas para pedir auxilio. Clarissa gritaba desesperada: "Hay que llevarlo al hospital de inmediato". Los socorristas tomaron manos en el asunto y la escena se resolvió. El aullido de las sirenas se alejaba rumbo al centro médico. El auto de Clarissa estaba estacionado en la calle con las luces rojas centelleando en la lluvia, ella no lograba recuperarse del "shock". De inmediato siguió a la ambulancia hasta el hospital. Allí pasó la noche en la sala de espera. En la madrugada las enfermeras le autorizaron visitar al enfermo y entró a su cuarto con sigilo. Clarissa permaneció de pie junto a la cama donde un David inconsciente y sumamente pálido respiraba con profundidad. Le tomó de la mano y lo acompañó por largo rato. Cuando empezó a clarear la luz del sol lo besó en la frente con ternura y se retiró.

# 5

## Un cambio radical
## El reencuentro con Clarissa.

2005

David siguió viviendo en la casa de Memo semanas y meses sin que ocurriera nada de relativa importancia para nuestra narrativa.

A solas en casa, David se recuperaba lentamente de su tragedia. Tuvo dos ataques más, uno en el sofá donde despertó a media noche con la lengua hinchada y sangre en la camiseta y otro en la acera, éste último lo envió nuevamente al hospital donde pasó una noche. Sin embargo, con los ajustes del medicamento, el doctor finalmente le controló la epilepsia. David pasó caminando por enfrente del crucifijo que le había obsequiado su madre y le pidió al Nazareno que no se apartara de su lado ahora que lo necesitaba tanto.

Pasaron las semanas, una mañana, Guillermo salió temprano al trabajo. David despertó tarde con la mente fija en el escenario de cómo se fueron cayendo todos las fichas de su dominó. Se hospedaba por la misericordia de su amigo Memo. Vivía sin hacer nada, no salía ni a la puerta. Pensaba buscar empleo pero se convenció a sí mismo de que esa idea del trabajo era lo peor, que no estaba listo, no tenía fuerzas. En verdad, no tenía nada por que luchar, nadie que dependiera de él, de su trabajo, de su recuperación. Se desplomó en el sofá de la sala y miró el librero de caoba y tomó de ahí un libro de pastas rojas, con las hojas abiertas, separadas por una roca de cuarzo. Era una novela, un libro titulado *Todo se viene abajo*, escrito por un nigeriano, de apelativo Achebe. En la contraportada, una dedicatoria decía: "Si tienes fe en el señor, jamás te verás abandonado".

La cita lo dejó pensativo.

Se sirvió un café negro y salió al patio. Una gatita de piel de tigre caminaba lentamente sobre la barda de tabiques rojos. David notó que los pantalones le quedaban holgados. Había perdido tanto peso que casi se le caían. No se había recortado su barba en tres semanas. Tenía muchas canas nuevas. Se sentó en un destartalado sofá. El sol estaba muy alto y había unas cuantas nubes. Frente a él estaba el bote de la basura con cáscaras de huevo, una sandía podrida y el periódico de ayer. Por pura casualidad alcanzó a leer un anuncio:

*"Escuela Secundaria, Pasadena, solicita maestro de educación musical y humanidades... Solicitamos currículum, llame al número xxx para hacer cita."*

Tomó el periódico húmedo. El sol brilló de pronto entre las nubes y lo deslumbró. David se puso de pie. Comprendió que era un mensaje para él. Que Dios lo estaba llamando. Recobró el ánimo, hizo la cita y llevó la carta de recomendación que Clarissa amablemente le había proporcionado. Llegó a la entrevista muy presentable, camisa blanca, pantalón oscuro, su barba recortada. Estaba nervioso pero se controló y le esperaba una agradable sorpresa; le dieron el trabajo. Salió muy contento de la oficina de la directora y volteando al cielo le dijo al señor: "Gracias Dios mío. Ahora solamente te pido que no me sueltes de la mano...".

Tomó una taza de café con Guillermo y lo puso al tanto de su trabajo nuevo. Su problema era que no tenía auto. Guillermo le ofreció el auto que había sido de su ex esposa y estaba en el estacionamiento, en la casa de su madre. Cuando David le preguntó por qué lo tenía guardado, Guillermo le dijo que era una explicación larga y complicada. En cualquier caso, con gusto le prestaba el auto si necesitaba transporte para su nuevo trabajo. David aceptó. El siguiente martes hizo cita para ver al médico. Fue y le pidió una carta de autorización para volver a conducir y se la otorgaron.

David se reubicó al suburbio llamado Pasadena. Nueva escuela, nuevo trabajo, nuevo apartamento, el auto prestado de Memo Guerrero. Clarissa se convirtió en su mejor amiga.

David llegó entusiasmado a dar su primera cátedra de Historia en la escuela Secundaria de Pasadena. Se había preparado con mucha dedicación y había descubierto datos fascinantes en la biblioteca acerca de la Rusia del siglo XX; un siglo repleto de eventos dramáticos de grandes consecuencias para el mundo entero.

Entraron al salón los alumnos uno por uno y finalmente todos tomaron asiento, les dirigió la palabra:

—Buenos días, mi nombre es David Davidoff, soy el nuevo maestro de historia y de apreciación musical, espero que disfruten mis clases y hago votos por que tengamos una relación productiva y respetuosa. El tema de hoy es algo fascinante, lo he titulado:

"Rusia y Chechenia, esbozo histórico 2005."

»—Tal vez lo primero que se presenta a la vista es que Rusia es inmensa y Chechenia es minúscula como lo pueden ver en la ilustración del mapa. Pero el tamaño no siempre dice todo acerca de la importancia política y socio económica. En fin veamos ahora una tabla de eventos para ilustrar Rusia a través de los siglos a "grosso modo". Es preciso limitar el tema porque es muy extenso y corremos el peligro de hablar mucho y no aprender nada.

»—Rusia ha sido cuna de cambios radicales y violentos. En la época feudal se estableció el sistema de servitud de los eslavos los cuales servían a sus amos en condiciones de esclavitud. En 1862 el Czar Aleksandr II decretó la abolición de la servitud pero de hecho esto no se llevó a cabo por al menos otros 60 años.»

»—Fue en 1994 que Chechenia se declaró independiente bajo el mando del General Tsokr Dudayev. Rusia de inmediato le negó la independencia y de ahí vino la invasión Rusa y el comienzo de la primera guerra rusochechena. Rusia fracasó en la invasión. Yeltsin firmó el acuerdo de Khasavyurt en 1996, otorgando libertad a la república de Chechenia.

El maestro hizo un alto y comentó:

—Jóvenes, hemos llegado al final a la clase. Espero que hayan apreciado la gravedad de los hechos que han ocurrido y siguen ocurriendo en la frontera sur de la poderosa Federación Rusa; limitada en su bajo vientre por la inmensa cordillera del Cáucaso y dos mares, el Negro y el Caspio. Pero sobre todo limitada por diferencias muy marcadas de identidad cultural y religiosa con los súbditos de la región.

—◦◦◦—

## Feliz año nuevo, 2006

Había una gran fiesta en el salón social de los apartamentos Gardenview en Pasadena. David y Clarissa se sentaron juntos y brindaron por el año nuevo con champaña. Se dieron un beso de buenos deseos y ella se sonrojó intensamente. Al mirar sus grandes ojos azules tan cerca y sus labios tan dulces David sintió un calor subir por su cara. Un intenso magnetismo femenino emanaba de ella. Se quedaron abrazados un instante, él se quedó embrujado, inmóvil…

—¿Por qué estás tan callado, en que piensas? —le preguntó ella al separarse.

Era imposible que le confesara que esa semana su doctor le había augurado que la impotencia que lo afectaba era de pronóstico reservado.

Fijó su mirada en el infinito a través de los cristales y dio un gran suspiro. Ella dijo:

—David, yo disfruto mucho tu compañía eres un hombre muy bueno aunque un poco reservado. Que planes tienes para nuestra relación. ¿Tenemos futuro tú y yo como pareja?

La pregunta tan atrevida lo dejó mudo un instante, luego balbuceó una respuesta:

—Clarissa, eres una mujer hermosa, tú vales mucho pero éste no es el momento para mí. Estoy demasiado presionado, me siento inseguro de mí mismo por cuestión de mi enfermedad. Tal vez después…

Ella se puso pálida y adoptó una posición erguida, tiesa. David escuchó su voz, que dijo.

—Perdona mi franqueza pero no quiero hacerte perder tu tiempo, si cambias de opinión me avisas.

Clarissa dio media vuelta como un soldado y se alejó decididamente hacia la puerta del salón. David trató de alcanzarla pero ella lo ignoró.

El embrujo se había congelado, sus destinos se fueron separando. A él le había parecido injusto atarla a la vida de un hombre inválido.

# 6

## Clarisa, David y Olga
## Así comenzó la aventura rusa

### Primavera 2008

Clarissa estaba en el estacionamiento de los apartamentos Gardenview con la cajuela del auto abierta bajando sus compras. David llegó de muy buen humor y se ofreció a ayudarla.

Ambos vivían en el mismo edificio, ella en el 3-C y él en el 2-B. A pesar de la proximidad se veían muy poco, Clarissa se daba cuenta que él prefería la soledad o al menos así lo aparentaba.

Clarissa Heidi Kane era una joven de veinticuatro años, maestra de primaria. Tenía pelo negro largo y ondulado. A David lo ponía nervioso estar cerca de Clarissa; lo que más le embrujaba era su mirada; sus grandes ojo azules y rasgados que lo miraban hasta el fondo del alma. Sus altos pómulos y su boca roja y delineada eran como una invitación al amor. Era imposible mirarla de cerca sin sentir los deseos de darle un beso largo apasionado, con los ojos cerrados. Si se la admiraba de cuerpo entero era como una sirena. Su vestido corto revelaba sus muslos torneados. Al verla a dos pasos de distancia, era imposible ignorar su cintura esbelta y sus amplias caderas, los hombros redondeados y un busto abundante; sus senos le gritaban, "¡Tú eres mío, me perteneces!" Sus pechos te encaraban diciendo, "Me ves como si fuera tu madre pero yo sé que te mueres de ganas de quitarme la ropa y admirarlo todo sin tapujos, aspirar el aroma de mi piel al desnudo." Así era ella, una niña inocente envuelta en el disfraz de una hembra sensual y atrevida. Un monumento a la sensualidad y a la belleza femenina pero con las gafas de una inocente estudiante de prepa.

Cuando subían juntos las escaleras cargando el mandado le hizo un comentario:

—Conocí a una nueva amiga.

Le pidió su opinión. Ella sintió un pinchazo de celos y apenas si logró esbozar una leve sonrisa.

—Qué interesante, ¿quién es ella? ¿Dónde se conocieron?

Él balbuceó con inseguridad y finalmente le contestó:

—No nos hemos conocido, ha sido solamente por la Red, en Internet. Ella está en Moscú.

—¡Una rusa! —exclamó Clarissa con desconcierto—. ¿Y qué negocios tienes tú con una rusa? —Le dijo bruscamente y sintió que se sonrojaba, avergonzada por su atrevimiento.

David aclaró que al principio recibió un correo electrónico de alguien desconocido. Era ella, la rusa de nombre Olga. Una joven que quería venir a los Estados Unidos de visita. Comentó que al principio fue solamente chateo, y así descubrió que era muy simpática y que luego le había enviado su foto. Era una chica muy joven y guapa. Ella había decidido hacer su plan para llegar en mayo. Clarissa notó que hacía mucho tiempo que no veía a David tan contento y entusiasmado.

—¿Mayo dices? Mayo está a la vuelta de la esquina. ¿Ya investigaste sus antecedentes policíacos, David?

—No.

—Yo te recomendaría que lo hicieras. ¿O tal vez ya accediste a hospedarla? David asintió lentamente con la cabeza sin decir palabra. Volteó la mirada hacia el piso y no pudo ver la cara de desencanto de Clarissa por la noticia que a ella le pareció desagradable. Llegaron al apartamento 3-C. Clarissa abrió la puerta y le arrebató la bolsa de papel con apios y zanahorias que David llevaba.

—Dame acá, yo puedo con esto, gracias, suerte con tu amiga la rusa. Se oye fascinante, ya veremos en qué queda todo.

No había terminado el comentario y ya había cerrado la puerta. David ni siquiera tuvo oportunidad de despedirse. Se quedó con el adiós en los labios.

Cuándo bajó a su apartamento se dirigió de inmediato a la computadora en el estudio. Allí lo esperaba un nuevo mensaje de Olga Sobolova. Era una nota breve y muy alegre: "David, aquí está la copia de mi reservación de la aerolínea. Estoy muy emocionada. Vamos a ser muy buenos amigos. Gracias por considerar ser mi patrocinador. Luego te envío el formulario para que lo firmes. Así con tu patrocinio me dan la visa de turista."

Al mensaje lo acompañaba la copia de un itinerario aéreo: *Sobolova, Olga M. Sheremetyevo International Airport 18:00 SVO 14:35 IAH. 28 hrs., 35 min. 1st. una escala*, Ámsterdam. *Requerimientos: Visa / Pasaporte.*

David se desplomó sobre su cama. Puso sus manos detrás de la nuca y los ojos en el infinito.

"¡Mmmh! Mayo siete, Dios mío, son treinta y nueve días que tengo que esperar", se dijo. Mientras miraba la pintura gris del techo de su dormitorio deseó tener visión de rayos X para ver a través del edificio y llegar con su mirada a Moscú, donde estaría Olga.

"Tú y yo buenos amigos David". Así le había prometido la joven en su intento muy rudimentario de hablar inglés en los breves mensajes grabados que le había enviado a su computadora. David estaba feliz. El dulce recuerdo de la voz de Olga lo hizo sonreír.

"Sí Olga, espero ser tu amigo y mucho más", pensó David. "Ojalá que no tengas inconveniente en aceptarme así con un problemita que yo tengo, querida Olguita. Después te cuento lo de la impotencia."

Espantó de su mente el asunto del problema. Le fastidiaba pensar en sus males y aunque él se sentía como un producto dañado pensó que la petición de la rusa, que necesitaba ayuda, tal vez los colocaba al mismo nivel a los dos. David sólo ansiaba escuchar de nuevo el embrujo de la voz de Olga quien debería estar llegando al aeropuerto hoy, esta misma noche. Así la podría recoger y traer de inmediato a su casa, al nidito de los dos.

—Olga —se dijo a sí mismo en voz alta, pronunciando el nombre que sonaba delicioso—. Olga, ven aquí cariño, abrázame, ¿qué esperas?

Cuando el despertador sonó a las 05:30 de la mañana, David ya estaba despierto. En Moscú eran las 05:30 de la tarde. Olga no tenía Internet en su casa y usaba los servicios de un cibercafé. Se habían citado para chatear a las seis. Exactamente a las 06:00 apareció un mensaje. "*Dobreja Outra* David, buenos días."

Tuvieron una sesión muy divertida de chateo. El cibercafé se llamaba Bibliiteka, localizado en el centro comercial Lotte. Un sitio céntrico en Moscú; cerca de la intersección de circuito Smolensky con el Kutuzov prospekt. Olga se lo describió como una cafetería para jóvenes frecuentado por parejas. Venían ahí a usar las computadoras por una modesta suma y además tomar café o tal vez una cena ligera de sándwiches y repostería, café o vodka. Ofrecían también el servicio de cabinas de teléfono de larga distancia internacional. De hecho por 43 rublos por minuto se podía lograr una llamada a los Estados Unidos. Olga comentó por escrito que ella estaba dispuesta a hablar con él.

"No te puedo llamar yo, son más de 200 rublos por cinco minutos. Es demasiado caro para mí. Aquí estoy en Bibliiteka. Llama si quieres. Primero marcas el código internacional de Rusia número 7 luego el área de Moscú 495 y el número del café es 648 6878. Les das mi nombre y me pasan la llamada a una de las cabinas. ¿Qué dices? ¿Quieres? Aquí te espero."

David decidió llamarla. Se conectó con la compañía telefónica AT&T y le asistieron en la llamada.

—*Pree-viet,* hello —dijo la voz de Olga—. ¿How are you *Duhvid*?, ¿me escuchas?

David se prendó de inmediato de la voz tan dulce de Olga. Tenía un timbre de contralto, voz fuerte pero a la vez amable y con tono de sinceridad. Aunque le temblaba un poco por los nervios del momento. A él le pareció simpática su forma de decir *Duhvid* en lugar de David. Olga se disculpaba por su inglés tan deficiente, pero él la animó.

—No es tan malo Olga, te das a entender lo suficiente. Ella le preguntó a qué se dedicaba.

—Soy maestro de música en la secundaria.

—Oh *Duhvid* sí, qué coincidencia, yo también uchitel, maestra de primaria. Mi padre fue músico, violinista en la sinfónica, qué coincidencia. Charlaron animadamente por doce minutos. Lo supo él después, cuando revisó su estado de cuenta de AT&T: llamada internacional Rusia código 7, Moscú 495, 12:35 minutos 472.81 rublos, o sea, 16.05 dólares.

David se vistió para ir al trabajo y en el camino iba cantando una tonadilla, muy contento, sonriente y con la mirada hacia el infinito. Había sido una mañana excepcional y su día apenas si comenzaba.

El viento de marzo arrastró el mes con mucha prisa. Los días soleados de abril iluminaron el calendario. Una tarde, David subía las escaleras saltando los escalones de dos en dos, vestía un atuendo deportivo y de pronto escuchó detrás de él una voz femenina:

—Hola vecinito, no te he visto en años, ¿dónde te escondes?

Era Clarissa. Se detuvo y charlaron un rato. Él se disculpó mil veces por su distracción, no le había hablado porque estaba ocupado en el trabajo revisando exámenes trimestrales y luego acudía en las tardes al gimnasio. Ella lo tuvo que interrumpir y le preguntó sin tapujos.

—¿Qué novedades hay de esa mujer, tu amiga, la rusa? ¿Tiene planes de venir finalmente?

—Sí, llega el 7 de mayo.

En las últimas seis semanas David había tenido una transformación asombrosa. En su piso no había una sola partícula de polvo. Barrió, pasó la mopa, aspiró la alfombra y le dio champú. Lavaba los trastos a diario para estar acostumbrado a una nueva rutina de limpieza. En otro aspecto, emocional y mentalmente, se había preparado por si acaso las cosas no marchaban del todo bien. Contemplaba la posibilidad de que Olga y él no se entendieran. Se prometió a sí mismo no deprimirse si eso sucedía. Compró unos pantalones nuevos, camisas y zapatos.

El 1 de mayo, a las 06:00 de la mañana David aguardaba en la computadora a que entrara Olga a la página de Internet para conversar. No hubo señal de su amiga. La esperó casi treinta y cinco minutos pero se vio obligado a salir al trabajo pues ya era muy tarde. Estaba muy consternado por la ausencia de Olga. No se lo podía explicar. Entre clase y clase en el trabajo, usó la computadora de la biblioteca y trató de contactarla un par de veces sin éxito. Cuando terminó sus clases lo intentó una última vez, pero ya eran las 03:00 de la madrugada en Moscú. Esa noche no pudo dormir. Al despertar, se conectó a las 05:45 y encontró un mensaje de voz. Era una breve grabación que decía:

"*Duhvid*, aquí Olga muy triste, mucho problema. Mi pasaporte no progresa en el consulado, mi visa para ir a América. Es esencial que lleve el número del pasaporte y del patrocinador, la dirección a donde voy a llegar. Yo desesperada. Busco amiga esta noche me presta dinero si puede, para terminar de pagar el trámite. No sé si funciona. Me veo obligada a cortar ahora, cibercafé es muy caro. Te mando un beso, que descanses, Olga."

Olga se escuchaba decepcionada. Había en su voz tristeza: los nervios de la impotencia.

De pronto, David casi muere de susto.

"¿Y si no me llama? ¿Si deja de escribirme? ¿Qué voy a hacer? No tengo su dirección, ni un solo número de teléfono excepto el del cibercafé. Si ya no me contesta, no habrá nada que yo pueda hacer. ¿Cómo he podido ser tan estúpido? Al menos debí haberle pedido la dirección de su domicilio para escribirle a Moscú o un teléfono de su casa o alguna amiga o familiares, qué se yo. Qué idiotez, haberlo dejado todo así, flotando en la computadora sin un solo contacto sólido."

David se quedó pensativo y se dio cuenta por vez primera lo que esto significaba para ella. Era un giro de 180 grados en su vida. Olga se preparaba para viajar al otro lado del mundo sin conocer a fondo el idioma ni tener un solo contacto más que no fuera él. ¿Cómo era posible que hubiera decidido abandonarlo todo, hacer sus maletas, ir al aeropuerto y saltar al vacío, cortar con el pasado y en un acto de fe ciega, lanzarse al aire esperando caer en los brazos de David al fin de un largo viaje? Cayó en cuenta de que juntos habían ya desarrollado un plan en el que ella iba expresamente para ir a reunirse con él. David sintió que el corazón se le detenía.

Y era difícil aceptar la verdad de que el giro del mundo en sí es totalmente ajeno a nuestros anhelos y a las necesidades del alma y cómo el destino obstinadamente se rehúsa a tomar parte en nuestros planes. Reanudó su trayecto y no pudo pensar en otra cosa en todo el día. Estos pensamientos se apoderaron de su cerebro. Tenía temor de verse suspendido en un precipicio, totalmente vulnerable. Fue un milagro que pudiera funcionar al dictar sus conferencias y revisar los exámenes pues su mente era como un huevo revuelto. David recordaba tristemente sus encuentros cara a cara con la infinita vulnerabilidad del ser humano.

—Bueno y tú, ¿qué te pasa? ¿No saludas? —le espetó Clarissa mientras David ensimismado subía las escaleras a su apartamento sin percatarse de que ella estaba en el pasillo.

—Clarissa, perdón, no te vi.

—¿No me viste? Si casi me tiras. ¿Qué tienes?

—Me duele la cabeza ¿tienes una aspirina?

—Claro ven por ella.

Minutos después David tocó la puerta y Clarissa abrió de inmediato. Se sentó y tomó un vaso de agua que estaba sobre la mesa. Clarissa le dio dos aspirinas.

—¿Qué te pasa David?

—Traigo muchos problemas pero no te puedo detener más, veo que vas saliendo.

Cayó en cuenta de que ella vestía el uniforme de las hadas, la falda de las niñas *scouts*. Clarissa era maestra de escultismo. Lo mostraba claramente su camisa color kaki, una corbata roja con un nudo grueso de madera, la falda de lana plisada acariciando sus torneados muslos y las botas.

—Voy a mi reunión semanal. Si quieres hablamos más tarde.

—Sí, gracias —le dijo David y se volvió a su apartamento para no hacerla llegar tarde—. Después hablamos —agregó.

Ella volvió a las 09:30 de la noche y David le contó toda su tragedia: no podía establecer contacto con Olga. El proceso del pasaporte iba lento, la falta de dinero, etcétera.

Acto seguido David abrió la página de Internet y le mostró a Clarissa uno de los primeros mensajes de Olga. Decía textualmente:

"Hola David. Me proporcionaron tu correo en la página de solteros en busca de compañía. Tengo el deseo de que sea una dirección verdadera. Hay muchos bribones, malvados, tú lo sabes. Mira, yo soy una mujer joven de veintinueve años, de Moscú. Estoy haciendo planes para visitar América en el verano. Voy en busca de un hombre bueno que quiera formar una relación romántica en serio conmigo. Algo para largo plazo. No busco solamente un amigo para cartearme con él. No me interesa perder tiempo. Soy sincera. Aquí mando foto y te pido que por favor mandes tuya también. Necesito saber dónde vives, para poder usar tu dirección en el trámite de visa y pasaporte. Soy una mujer que disfruta la vida, me gusta bailar y estar en buena compañía, soy muy romántica y espero que tú lo seas también. Busco encontrar un hombre bueno y hacerlo muy feliz. Espero que ese hombre seas tú, y deseo que te guste mi foto y que hagas un espacio en tu corazón para mí. Un beso, Olga Sobolova. Marzo 16, 2008, Mockba (Moscú)."

La foto adjunta mostraba a una joven atractiva de cabello rubio largo, una sonrisa agradable, ojos verdes, nariz respingada y cara ovalada.

Tenía unas pecas en las mejillas y su cara era de gran dulzura pero a la vez enigmática.

Clarissa le prometió a David que lo ayudaría y se despidieron rápidamente. Eran casi las 11:00 de la noche.

Al regresar del trabajo la tarde siguiente encontró en la puerta una nota firmada por Clarissa:

"David, ven a verme o llámame."

Había investigado los datos que le dio David y encontró una dirección asignada al negocio registrado como Bibliiteka. Una dirección moscovita en la calle Nvinsky. El número telefónico era el mismo que David había usado. Lo marcaron, pero no hubo respuesta. David le dio las gracias por su apoyo. Se retiraron a descansar.

Mientras Clarissa estaba sentada frente a la pantalla del ordenador una idea se cocía lentamente en su mente. Era un pensamiento incompleto, no acertaba a expresarlo correctamente; como una nube negra que amenazaba con soltar un chaparrón sobre su cabeza; era una pregunta que le hacía su corazón:

"¿Qué te pasa Clarissa? ¿Estás loca? ¿Cómo es que permites que se te escape de las manos David? Tan simpático, tan bueno… guapísimo. ¿Cómo es posible que hayas renunciado al amor de este hombre tan adorable y no sólo eso; lo estás empujando a los brazos de otra, de una absoluta desconocida? ¿Qué haces Clarissa? ¿Estás tonta? ¿Estás loca?"

El pensamiento se había esclarecido, pero no había respuesta alguna. Cerró los ojos y volvió a sus faenas, decepcionada.

Mientras tanto, las doce campanadas de la medianoche encontraron a David parado junto a la ventana mirando hacia las copas de los álamos. La brisa intensa del golfo agitaba sus ramas. Los botes de la basura los había tumbado el aire y dos gatos metían sus garras entre las bolsas de plástico, tratando de romperlas para encontrar algo comestible. David se quedó dormido en el sofá con el televisor encendido.

A las 05:45 le tocaron la puerta. Los hermosos ojos de Clarissa se fijaron en los suyos cuando abrió. Se disculpó, pues estaba muy adormilado.

—Dame un minutito.

Entró al lavabo, se echó agua en la cara y se peinó. Ella estaba ya vestida para el trabajo y se veía guapísima. David se sintió avergonzado por la deshilachada bata azul que llevaba encima.

—Estás vestida como para una fiesta mujer. ¿A dónde vas? —le dijo.

Ella ignoró el comentario y le soltó con prisas lo que traía en la mente.

—David, tengo una idea que pienso te puede ayudar con este problema. Yo supongo que la rusa te va a pedir dinero. Al parecer se le acabó el capital y no puede terminar de arrancar. Su patrocinio está en duda y su beca no se aprobó y el pasaporte no está listo. En resumen, necesita dinero. Si le mandas la plata, tal vez nunca vuelvas a ver ni el dinero ni a tu amiga. Yo llamé a Air France y, efectivamente, tu Olga está registrada ya entre los pasajeros del vuelo del viernes: Moscú a Houston, con escala en Ámsterdam. Pero es solamente una reservación. Lo que te propongo es que le compres el boleto. Que tú se lo pagues directamente a la aerolínea con una tarjeta de crédito. Si ella está diciendo la verdad, aquí estará el sábado y si no viene, te salvaste del fraude. Te devuelven tu dinero.

Él la miro asombrado.

—Qué gran idea Clarissa. Excelente. Tienes razón. Lo voy a hacer así.

Ella sonrió y salió corriendo por el pasillo gritando: "¡Ya me voy, voy a llegar tarde!"

Todavía se escuchaban sus pisadas en el mosaico cuando David le gritó: "Gracias Clarissa, muchas gracias".

———— ◆◆◆ ————

Desde aquellos días en el hospital de Fort Bend David se había obsesionado completamente con todo lo ruso. La cara de la abuela que lloraba en Beslan entre las ruinas quemadas de la escuela le grabó la imagen femenina de un Cristo en su mente. A veces soñaba con ella por las noches y a veces la soñaba despierto. De alguna manera, identificaba el sufrimiento de la viejecita con la lágrimas que rodaban por las mejillas de las madres y abuelas en todos los poblados de la estepa rusa de antaño; los pañuelos húmedos que se agitaban en un adiós despidiendo a esos jóvenes, casi unos niños que salieron marchando triunfalmente de sus pueblos en 1915. Los que tomaron las armas y siguieron a las huestes de Lenin o a los cosacos del ejército blanco para nunca más volver.

El comenzó así un proceso de inmersión personal en el alfabeto cirílico. Nombres como Alyosha y Vronsky y Levin y Ana y el príncipe

Mushkin y Marfa Petrovna y Katerina y Aleksandr; nombres rusos importantes como estos pasaban por su mente continuamente. Eran espectros del pasado, sus compañeros imaginarios. Comía piroshkis, tomaba vodka y buscó en las tiendas las hogazas de pan negro y los quesos Saüerkasse. Compró en la librería un tomo de *Ruso para neófitos*, un diccionario de Berlitz que le costó siete dólares y noventa y cinco centavos. Aprendió a decir "previet" y "kjarashó" y empezó a pensar en términos de rublos y kopeks. Se aprendió el significado de "boshe moy" y "ya lyubliu tebya", "dios mío" y "yo te amo". En la noche, cuando cerraba sus ojos, el escenario de su mente era la estepa blanquísima y nevada que estaba frente a Yuri cuando el doctor Zhivago abandonó a pie la dacha en Varykino, aquel noviembre gélido de 1916. Davidoff se había transformado por completo; se había "rusianizado". Se trataba de un verbo que no pudo de encontrar en el diccionario. Se había transformado en un "rusófilo"; era un "rusófilo". Por supuesto que de esto David no le dijo nada a nadie.

⋙◉◉◉⋘

El 4 de mayo, a las 02:00 de la tarde, un correo electrónico de Olga apareció en el buzón de David.

"Hola, buenos días. No había escrito porque se me acabó el dinero y no tenía servicio, perdóname. Tengo muy malas noticias. El pasaporte está retrasado, ayer esperé todo el día y después de cuatro horas me dijeron que necesito más dinero para poder obtener el documento. Ya le pedí a mi amiga aquí en Moscú y me facilitó cincuenta dólares, pero el boleto del avión son $600.00 dólares. Sólo me quedas tú. ¿Me puedes prestar el dinero? Ya sé que no tengo derecho de hacer esto pero estoy desesperada.

¿Me los prestas? Cuando llegue a Houston y trabaje te los devuelvo. Me da mucha vergüenza contigo David. Lo siento."

"Tengo que cortar. Ya gasté mi último kopek. Si acaso decides ayudarme me puedes enviar un giro al Sverbank de Rusia, cuenta número 6728414381 a nombre de Olga Sobolova. Espero tu respuesta. Te mando un beso. Adiós, Olga."

A la hora que leyó el correo, ya eran pasadas las 02:00 de la mañana en Moscú y de cualquier modo Olga no tenía servicio de Internet en casa.

61

Era increíble, estaban ya tan cerca de conocerse y ahora se atravesaban estos obstáculos. David no podía creer su mala suerte.

Marcó el número de Air France pero estaba ya cerrado. Un día más perdido. Por la mañana se tomó su café, mordió con desgano una rebanada de pan tostado con una ligera capa de margarina y se fue volando al trabajo. Se le había hecho tarde.

Al momento que dio la vuelta sobre la avenida Spencer Highway, el motor tosió dos veces y la máquina se murió. "Ay, Dios mío. No lo puedo creer. ¡Se me acabó la gasolina!", se dijo. Con tantas preocupaciones había olvidado atender los detalles más esenciales. Tuvo que poner la transmisión en punto neutro para empujar el auto y dejarlo pegado al borde de la carretera. David se apresuró y pudo tomar el autobús local que lo llevó al trabajo con un retraso de treinta y cinco minutos. La directora de la escuela, la Srita. Moseley, ya había mandado a la clase a jugar en el patio del recreo. David se disculpó con ella inútilmente. La mujer le lanzó una de esas miradas que matan, dio la vuelta en silencio y se dirigió a la rectoría. David se sentó en el salón de clases vacío, para calmarse un momento. Se encontraba allí un conserje lavando las ventanas. David miraba al infinito mientras el conserje mojaba las ventanas y luego les pasaba un mango con una hoja de goma que rechinaba horrible mientras daba brillo a los cristales.

━━━◦◦◦◦◦━━━

# 7

## Vuelo Moscú-Ámsterdam-Houston
## Llegada de Olga

### Mayo, 2008

Amanecía el viernes 8 de mayo de 2008. Las nubes se pintaban en capas de oro y naranja. A pesar de los impedimentos que se habían presentado, se solucionaron los problemas del viaje y se llegó el día del arribo. David recibió con emoción la alborada. No pudo dormir en toda la noche, solamente dormitó en breves episodios. Miraba fijamente las bellas facciones de Olga en el retrato que tenía sobre la mesita de noche. Hoy por fin se habrían de conocer. El vuelo de Moscú estaba programado para llegar al aeropuerto internacional de Houston.

Se dio una larga ducha perfumada; las uñas cortadas. Se arregló la barba y el bigote. Escogió el atuendo del día: pantalón de caqui, camisa negra a cuadros, mocasines negros. A las 06:30 de la mañana estaba sentado tomando café y viendo las noticias. Lo mismo de siempre... Los presentadores de la tele repetían su sermón diario. Le bajó el volumen hasta cero para no permitir que nada inquietara su espíritu. Tenía cosas más importantes en qué pensar. Había pedido el día libre. Un maestro sustituto tomaba ya su lugar.

Qué milagro tan interesante son las ocasiones de gran expectativa. Antes de que se den los hechos que esperamos con ansia, los detalles se van desenrollando muy lentamente al principio, y cuando se llega la hora, la cámara de nuestra mente observa todas las escenas a una velocidad asombrosa. Y nos es imposible hacer que la imagen se detenga.

Davidoff estacionó su auto en la terminal Mickey Leland y sacó de la guantera sus cápsulas diarias, su Lamictal y su Depakot. Con un trago de agua se las tragó. Después por espacio de sesenta minutos aguardó en la sala la llegada del vuelo de KLM 600 procedente de Ámsterdam programado para tocar la pista a las 10:35 de la mañana, hora de Houston. Estaba al tanto de que los trámites del arribo eran más demorados en vuelos internacionales debido a las exhaustivas medidas de seguridad de la Aduana e Inmigración. Leyó lentamente al menos la primera página y la sección de Artes del *New York Times*. Le vino a la mente cuán difícil había sido conseguir un substituto. Fue necesario que le pidiera ayuda a su viejo amigo Memo Guerrero ya que su jefa la señora Moseley, como de costumbre, no tenía intenciones de ayudarlo. Estas minucias poblaban su cabeza cuando se escuchó el anuncio por el altavoz:

"Atención pasajeros que arriban en el vuelo de KLM procedente de Ámsterdam, sus equipajes se pueden encontrar en el carrusel número cuatro. KLM 600 carrusel cuatro."

Se le congeló la sangre. Dobló el diario y se puso de pie. Dirigió la mirada al segundo piso donde una muchedumbre de pasajeros se alineaba y se aproximaban a descender por las escaleras eléctricas. Le dio la espalda a la escena y sacó de la bolsa la foto de Olga, la examinó por última vez antes de tratar de reconocerla entre los viajeros. Ahí estaba la sonrisa tímida, los ojos claros, el pelo rubio. Se armó de valor y dirigió la mirada de nuevo a la planta alta. Vio a dos señoras de edad avanzada con sendos bastones que caminaban despacio juntas. La mayoría de los pasajeros tenían facciones de turistas norteamericanos. Tenía los ojos muy abiertos en busca de la dama que aparecía en su foto del bolsillo. De pronto observó un letrero de cartulina que decía en grandes letras color rojo D A V I D O F F, su propio nombre. Fijó la vista en la mujer que sostenía aquella pancarta y se dirigió a ella tímidamente. Sus ojos se cruzaron. Era una hermosa joven con una gran sonrisa, quien le dijo gritando:

—David, ¿eres tú David?

Él se sonrió y ella corrió hacia él diciendo.

—Sí, sí. *Slava Bogu* (gracias a Dios).

Llegó hasta él y le abrió los brazos.

—*Boshe Moy* (Dios mío). Ven acá, deja que te dé un abrazo.

Ella lo tomó en sus brazos y lo apretó muy emocionada. Su cara resplandeciente, las mejillas arreboladas, vistos de cerca sus grandes ojos eran de un color verde cristalino. La joven mujer le dio tres besos al hilo en las mejillas, uno de esos saludos efusivos que se dan en Rusia. David sintió las curvas de su cuerpo, se sonrojó. Ella dio dos pasos atrás y lo miró de arriba a abajo:

—Veamos ahora, permite que te observe bien. Me da tanto gusto conocerte. Dios mío, eres un hombre muy apuesto. Dime, ¿has esperado largo rato? Lo siento mucho. Ya sabes cómo son los trámites. Fue un viaje tan largo, pero gracias a Dios aquí estoy yo y tú estás aquí esperando por mí. Gracias, dame otro abrazo.

Se fundieron una vez más y luego ella lo invitó a seguir la línea hacia las bandas de los equipajes.

—Ven David. Vamos a buscar mi equipaje. Olga portaba bajo el brazo un portafolios de piel.

Ella, muy emocionada, seguía diciendo:

—*Boshe moy,* tenía tanto miedo que no estuvieras aquí. Es un gran placer conocerte. Gracias, *Spasyba* David. Muchas gracias.

Abordaron el auto. Olga cayó en un trance de silencio y meditación. Su mirada se desplazaba de un lado a otro, mirando con atención las estructuras que rodeaban el aeropuerto.

—Houston es muy diferente a Rusia —dijo ella.

En eso pasaron en frente de las lanzas de los países, unos cubos gigantes de plástico enterrados en un parque al margen de la carretera, recuerdo de la reunión mundial de 1990. A Olga le gustaron mucho esas banderas tridimensionales.

—Es muy bonito —dijo ella—. ¿Pero no hay bandera rusa?

David estaba muy silencioso, con la mirada en la autopista, el tráfico era intenso. Olga no podía salir de su asombro al contemplar por vez primera el mundo occidental.

—Te pido disculpas David, yo hablo mucho, perdón.

—No te preocupes Olga, es lógico, es un gran cambio. Una vez que abordaron la autopista de paga, el tráfico aminoró y pudieron conversar.

—Supongo que tienes mucha hambre.

Ella asintió con la cabeza.

—¿Qué te gustaría comer? —le preguntó.

—Solamente una comida muy sencilla para mí, por favor, lo que tú quieras. Prefiero que sea una sorpresa, tú escoges.

David lo meditó por un momento. Un instinto le dijo que era preferible llevarla directamente a casa. Darle oportunidad de refrescarse, de dormir. Llegar a un restaurante sería muy fastidioso para ella, demasiado impersonal así que pisó el acelerador y se dirigió sin interrupciones a su hogar. Vivía en los apartamentos Gardenview en la calle Lafferty de Pasadena.

Tomaron el anillo periférico de Oriente, y exactamente a las 13:45, David se estacionó en su sitio designado en casa y apagó el motor del auto.

—Aquí estamos Olga, hemos llegado.

Ella lo miró y le tomó el brazo antes de abrir la puerta. Le fijó la mirada en los ojos, se inclinó hacia él y anidó su cabeza en su pecho por un momento a la vez que le decía:

—Ya *blagodarna*… Estoy muy agradecida, tú hombre muy bueno, abrir tu casa para mí —tenía una lágrima en los ojos y los colores se le subieron a la cara, se quedó muda.

Él le devolvió el abrazo tiernamente y a su vez le dijo:

—Eres bienvenida Olga. No tienes nada que agradecerme, para mí es un honor que hayas aceptado venir a mi hogar. Esto será también como un hogar para ti. Eres bienvenida a mi humilde casa.

Vaciaron el maletero del auto y se dirigieron al departamento 2-B, el tercer piso de la estructura de tabique y madera que albergaba aproximadamente 200 huéspedes. Entraron y David tomó las maletas y las puso en el dormitorio. Al entrar a la sala, Olga cambió de pronto de estado de ánimo. Se quedó muy callada y bajó la cabeza. Se sentía fuera de lugar, totalmente desorientada, sin saber qué hacer. Muy conmovida por la acogida tan cálida de su anfitrión. David la tomó de la mano y le mostró el lavabo, el estudio, le dio un paseo por el apartamento para que se orientara. La invitó a refrescarse y sentirse en casa mientras él…

—Voy a preparar la comida. Estaré en la cocina por si algo se te ofrece.

Era para él un misterio incomprensible cómo ella había roto con todo en su vida para entregarse en sus brazos. Él no había cambiado casi nada. Sin embargo, a la vez, había dado un paso valiente al abrir su corazón a una persona totalmente extraña.

Le sirvió una taza de *chai,* el té ruso que a él le gustaba mucho. Había pensado que de esta manera siquiera le ofrecía de tomar algo conocido. Era una mezcla de diversas hierbas aromáticas y raíces, un té que encontró en una *delicatessen* especializada en bebidas orientales.

Olga miraba con insistencia a los libreros en la sala, observando con cuidado los libros y sus títulos. También posaba la mirada en el ventanal muy grande que daba al patio donde se veían las copas de los álamos del jardín.

—Ahh —dijo Olga de pronto— ¡Aquí está Ana!

David interrumpió su labor. Cortaba la lechuga y le miró con curiosidad.

—¿Ana?

—Sí —le dijo ella poniéndose de pie con la taza de té en la mano.

Ana Karenina, la de Tolstoi, al acercarse a los libros, se percató de otras obras que le daban compañía a la mítica rusa.

—Tienes muchos libros rusos. Mira, Pasternak, aquí está también Turgenev, Gogol, Chejov. Nunca lo hubiera pensado. Y cuánta música.

Olga se refería a las partituras que estaban en otro pequeño armario. David era maestro de Música e Historia… tocaba el piano y el Theremin.

—Mi padre era músico, en Tbilisi…, violinista —contó ella—. Tocaba en la sinfónica, pero murió hace muchos años.

Se le cortó la voz y bajó la cabeza. Los ojos se le humedecieron. David cayó en cuenta de su tristeza, se enjuagó las manos y se acercó a ella. Olga trató sin éxito de forzar una sonrisa entre las lágrimas. No pudo, se quedó muy callada. Una lágrima le había llegado hasta el vértice de la nariz. David tomó un *kleenex,* se lo puso en la palma de la mano y la tomó en sus brazos en un gesto fraternal, la sostuvo por largo rato entre sus brazos, mientras ella secaba sus lágrimas y recobraba su compostura. Juntos, de pie, la cabeza de ella le quedaba exactamente en el pecho a David, quien era más alto y espigado. Ella encontró un nicho muy cálido donde recargar su frente. David suspiró por el momento tan emotivo y la trajo de nuevo a la mesa diciendo:

—Vamos, que se quema la comida. Más tarde te muestro mis libros. Ven, toma asiento.

Había preparado una comida típicamente americana. Comieron en silencio. Ella devoraba lo que había en su plato, una hamburguesa, un hot dogs, ensalada de papa, pepinillos curtidos. En verdad parecía tener mucha hambre.

—Delicioso, qué rica comida. Se relamía los labios. El postre fue devorado en pocos minutos.

Fue en ese momento que David hizo una gran exclamación.

—Dios mío no lo puedo creer. Olga perdón, es increíble.

¿Qué pasa David? ¿De qué hablas?

—No puedo creer que se me haya olvidado algo tan importante. Perdón, lo siento mucho… Ella lo miró con interrogativa en su semblante.

—Olga, aquí en América, en los buenos hogares, cuando la gente toma asiento a la mesa para compartir sus alimentos, especialmente las familias, y aún más si hay gente mayor en la mesa, los abuelos; nadie puede tocar un plato hasta que se haya dicho la bendición.

¿Cuál bendición?—preguntó ella.

—Sí, dar gracias a Dios y bendecir la mesa. Es una costumbre muy americana. Qué vergüenza que se me haya olvidado. Mira. Escucha.

David bajó la mirada, dejó su tenedor y puso las manos juntas sobre la mesa mientras decía:

—Gracias Señor por estos alimentos, y gracias por todas las bendiciones que nos brindas diariamente. Te doy gracias en especial hoy por haber traído a Olga con salud y bienestar en su viaje tan largo desde el otro lado del mundo. Bendícela a ella y bendice este hogar. Amén.

Ella comenzó a llorar y repetía lo mismo.

—Sí, gracias Dios, muchas gracias.

Lo dijo tres veces. David se levantó y dio vuelta a la mesa donde ella estaba sentada derramando lágrimas. Le ofreció los brazos y la consoló. Se le acercó y le dijo al oído:

—Este hogar como si fuera tuyo Olga. Quiero que te sientas feliz y con libertad. Esta, mi casa, es también tu casa. No te preocupes por nada. Disfruta tu estancia con toda confianza. Este hogar está lleno de la paz de Dios.

Olga lo miró a los ojos con lágrimas y le respondió:

—Querido amigo, tú y yo vamos a tener que sentarnos a conversar un largo rato junto al *Samovar*… (*)

Era su manera de decir que tenían muchas cosas íntimas que compartir.

David guardó la comida que sobró en la nevera y pensando que los dos necesitaban un receso le dijo:

—Tengo que salir a hacer unos mandados y parar en la biblioteca, vuelvo más tarde, como en una hora.

—Está bien.

Ella se veía más tranquila, con una sonrisa en los labios.

—Aquí te dejo a solas, seguramente estás agotada. Puedes tomarte una ducha y acostarte a dormir en mi cama, nadie te va a molestar. Si suena el teléfono lo puedes ignorar. Disfruta el silencio, hasta luego. Al llegar a la puerta ella lo alcanzó y lo despidió con tres besos más a la rusa, en las mejillas. Él había tomado su radio y sus audífonos y estaba listo para salir.

(\*)
El "Samovar" es un invento ruso del siglo XVIII. Es un cántaro de metal que calienta el agua con un sistema de combustión interna. Se usaba para mantener caliente las bebidas y preparar y ofrecer un servicio de té.

# 8

## Bendita y bienvenida
## ¡Qué mujer!

### Mayo, 2008

El impacto de la llegada de Olga había sido muy fuerte. David necesitaba despejar su mente. Se ajustó los audífonos, encendió la cinta de Bach y empezó a trotar por la calle rumbo al parque. Los dedos mágicos de Glenn Gould entonaban los patrones intrincados de una obra maestra. Pero en su mente, David, lo único que veía eran esos ojos verdes, brillantes y transparentes que lo habían cautivado. "Dios mío, qué hermosa era la rusa y de una personalidad fascinante, a la vez como una niña pero en realidad una mujer y qué mujer… misteriosa, dulce, tierna, cariñosa. Dios mío…" Le daba vueltas la cabeza. Siguió corriendo por las calles, trotando para sacarse del alma todos esos sentimientos encontrados, sin darse cuenta siquiera de los autos y de otras gentes que se topaba en el camino. Iba completamente ensimismado.

Trotó tres kilómetros y luego se detuvo en el parque a estirarse y practicar su rutina de yoga. Tenía la mirada perdida en el infinito. La cara de Olga estaba en su mente. "Qué falta me hacía conocer alguien así, qué mujer más fascinante. No me importa ser egoísta. Esta medicina es la que me recetó el doctor… Y ahora cómo le voy a decir de mis problemas, mi maldita epilepsia y la impotencia. Dios santo, qué martirio. Cómo le puedo confiar estos secretos tan vergonzosos a ella. Ella, tan perfecta, tan hermosa y yo tan simplón, con mi físico averiado." Exhaló un gran suspiro y se sentó bajo un árbol a soñar despierto mientras escuchaba la música de sus audífonos. Trató de calmarse pero le asaltaron otras dudas. "Es posible que ella también tenga sus propios secretos, sin embargo, no me importa. Lo que ella me quiera confiar estará bien: Lo que quiera guardar en secreto, no tengo derecho a preguntárselo. Es más, no le voy a preguntar absolutamente nada. Lo que ella me cuente por sí misma será lo que aceptaré sin indagar más a fondo."

Así siguieron las maquinaciones y planes mentales de David en esa hora y media que se pasó trotando y practicando yoga.

David se encaminó lentamente de regreso haciéndose a sí mismo una sola promesa. "La voy a rodear de ternura y honestidad. Eso es lo que voy a hacer con ella. No fingiré absolutamente nada. Honestidad es la medicina. Le voy a dar grandes cucharadas de dulzura y honestidad. No tendrá más remedio que pagarme con la misma moneda. Bienvenida seas Olga, Dios te mandó conmigo."

Dio media vuelta pues iba tan distraído que ya se había pasado dos cuadras de más. Cruzó la avenida Taylor, subió los escalones de dos en dos y entró al departamento 2-B.

El interior estaba en silencio absoluto. David se quitó los tenis y entró de puntitas para no hacer ruido. Se tomó un vaso de agua.

Abrió la puerta del dormitorio para asegurarse que Olga estaba bien. Estaba acostada encima del cobertor tapada con su propio impermeable. Estaba profundamente dormida atravesada a lo ancho en la cama su respiración tranquila y profunda. Se quedó quieto admirando su belleza y luego buscó una sábana. La tapó con delicadeza y salió del cuarto sin hacer ruido.

Los últimos días habían sido tan intensos que David fatigado cayó de inmediato en un pesado sueño en el sofá con las piernas dobladas tapándose la cara con un almohadón.

Soñó que caminaba en un bosque de árboles muy altos. Había muchas hojas secas de en el piso. A lo lejos, una mujer con un *chemisse* blanco corría por el bosque con destino incierto. Él trataba de alcanzarla, pero la mujer le llevaba ventaja. La dama saltaba ágilmente sobre troncos caídos, cruzaba de un salto pequeños arroyuelos que salían a su camino pero no se detenía por ningún motivo. A David le faltaba la respiración por el esfuerzo de correr tras ella y de pronto notó que la joven se detuvo en un claro del bosque. Era ella, era Olga. Había hecho alto en donde alguien la estaba esperando. Sintió celos. Él se acercó con más cautela.

En eso, escuchó que ella lo llamaba "¡David!, ¡David!" cada vez más fuerte le gritaba en los oídos, "¡David!" y le jalaba las mangas de la camisa. David despertó de su sueño y ahí estaba Olga de pie junto al sofá nombrándole:

—¡David!

La luz neón del estacionamiento entraba por la ventana, eran altas horas de la noche. David se frotó los ojos.

—¿Qué pasa Olga?

—¿Qué haces David?¿Por qué estas acá? ¿No vas a dormir conmigo, en tu cama?

David se frotaba los ojos para despertar y pensar que responder.

—No tenía planeado dormir contigo. Prefiero dejarte que descanses tú sola. Yo tengo un catre de campaña. Vete a la habitación tú a dormir sola en paz.

Ella se negó y meneaba la cabeza.

—*Nyet, nyet,* tú ven conmigo, no quiero estar sola. El cuarto es muy grande, la cama es muy grande.

David objetó:

—Ahora saco mi catre de campaña y hago la cama, no te preocupes Olga.

La rusa se puso las manos en la cintura y se irguió en todo lo alto diciendo:

¿Tú piensas que yo volé hasta aquí desde el otro lado del mundo para dormir sola? ¡Estás muy equivocado! De aquí no me muevo hasta que me sigas.

Lo tomó de la manga y no le dejó remedio alguno más que obedecerla. Se fueron a la habitación atravesando la penumbra.

—Espera un poco, dame un momento.

David estaba en calzoncillos cortos y camiseta. Hizo un alto en el lavatorio. Se lavó la cara se cepilló los dientes, se aliño el pelo lo mejor que pudo. Se untó desodorante. Metió las manos en el bote de la ropa sucia encontró unos pijamas. Se conformó con ponerse eso. Apagó la luz y volvió a donde ella lo esperaba. El cuarto estaba oscuro. A tientas buscó la cama y vio de pronto el brillo de los ojos de Olga que lo estaba mirando. Acomodó su almohada y se deslizó entre las sábanas suavemente en un lado de la cama.

David temblaba de arriba a abajo. Sus manos estaban sudadas. El corazón se le salía por la boca. Guardó silencio. Lo torturaba pensar que no podía ofrecerle a ella el placer de estar con un hombre pues tenía miedo de fracasar. Peor aún, le pasó por la mente la terrible idea de que en ese momento tan delicado le pudiera dar un ataque de epilepsia. Una convulsión podía ser espantosa. Hizo un recuento mental. Efectivamente se había tomado sus medicamentos. Pensó decirle la verdad pero la lengua no le obedecía. Estaba mudo. En ese momento Olga se dio vuelta cruzó la mano sobre el pecho y apoyó su cabeza en su hombro. David la tomó en sus brazos y la estrechó. Suspiró profundamente. Aspiró el dulce perfume de sus cabellos. Olga alzó una pierna y descansó su muslo sobre las rodillas de David. Él sentía que le temblaba todo el cuerpo pero no tenía intenciones de llevar aquel momento íntimo más allá de un abrazo inocente. Olga acercó su cara y lo besó en los labios suavemente. David la besó también tembloroso. Suspiró de nuevo. Miró de cerca sus ojos verdes que brillaban en la oscuridad. Olga descansó su cabeza sobre el pecho de David y le dio las buenas noches. Una voz ronca, una voz desconocida para David le respondió.

—Buenas noches Olga.

Qué misterio tan inexplicable. Cómo David, que padecía siempre de un terrible insomnio, al acostarse junto a Olga, se quedó dormido como un recién nacido.

David olfateó un olor muy fuerte. Reconoció el olor a huevos revueltos y café. Olga estaba en la cocina. Se despertó, se quitó la almohada que le cubría la cara y el sol le pegó de lleno en los ojos.

Se puso de pie, entró al baño, se lavó la cara y las manos. Se tapó con su bata para estar más presentable y entró en escena.

—*Dobre yeh Outra.*

Dijo buenos días en ruso la cocinera. La vio metiendo una rebanada de pan en una mezcla de yema de huevo y con la otra mano sostenía el sartén caliente.

—Ya está listo el café David, sírvete una taza.

—Dios mío qué increíble, cómo pudiste cocinar esto tan rápido —comentó David. Olga dijo:

—¿Qué crees? Huevos, papas y cebollas se cocinan igual en inglés que en ruso. No tienes que ser… cómo se dice un *Einchtein* para freír un huevo. Se rieron los dos. David se sirvió una taza de café.

La cocinera tenía su pelo rubio levantado por detrás, recogido con un gancho de la ropa. Lucía una camiseta de color gris que le ajustaba sus senos y mostraba un anuncio: PASADENA BULLDOGS con letras rojas.

—Espero no te moleste que tomé prestada esta camisa.

—Te la regalo Olga, se te ve mucho mejor a ti que a mí.

Ella se acercó y le dio un abrazo muy fuerte y tres besos en las mejillas. David disfrutó las caricias y también le ofreció un "buenos días" ruso.

—*Dobreyah Outra.*

—Estabas roncando. Me dio pena despertarte porque estabas muy dormido.

David asintió.

—Dormí como un tronco, ni siquiera me di cuenta cuando te levantaste.

Estaba sorprendido pues generalmente su sueño era muy ligero.

—Me tuve que levantar. Mira el reloj, son las diez de la mañana y ahora mismo en Moscú son las seis de la tarde. Dormí más de trece horas seguidas, ¡no lo puedo creer!

Hicieron cuentas juntos y resultó que el viaje completo le había tomado a ella casi 30 horas desde que salió de su casa hasta que entraron a Pasadena.

Olga tenía en las manos un plato de papas con cebollas fritas y huevos revueltos. Antes de sentarse miró hacia el mostrador y en ruso preguntó:

—¿*Vklyuchi* radio?

—Por supuesto. Ahí está, aprieta el botón verde — respondió David.

Al instante se inundó el ambiente con la música de jazz afroamericano con las voces del coro de la Iglesia africana bautista. Era la programación de los sábados, cuando cantaban sus melodías religiosas. Ella se quedó hipnotizada al oírlas.

Ella dijo:

—América muy bonita, país muy musical, muy feliz.

Me gusta.

# 9

## Soñando despierto
## David enamorado

### Mayo-junio, 2008

Qué hermoso sería si todo lo que uno quiere en este mundo, todo lo que desea el corazón se pudiera lograr. La vida sería perfecta, Olga sería perfecta, David sería perfecto. Desde los primeros días la llegada de Olga había sido una ocasión de inmensa alegría. La compañía de ella después de haber viajado más de nueve mil quinientos kilómetros para reunirse con él colmó de felicidad los días de David.

Un momento, hablamos de los días, sí... pero las noches. Eso fue otra cosa. Los nervios de fracasar frente a ella se apoderaron de David, lo hacían temblar. Los efectos de sus medicamentos y su enfermedad lo tenían paralizado. Se alejó del lecho de Olga desde el principio por temor a no poderla satisfacer, debido a su impotencia.

Le aceptaba unas leves caricias y participaba en el preámbulo amoroso pero en el momento de la verdad... Oh dolor, David no se atrevía a cruzar ese río del amor y encontrarse con un fracaso, ahogarse en esa corriente. De manera que con una serie de excusas banales, que si "por respeto, para conocernos mejor, para esperar al momento idóneo, para no apresurar las cosas." El propio David negaba la oportunidad de llevar su relación con Olga a un nivel más íntimo. Estaba prendado de ella. La deseaba con el alma, pero no podía vencer los inconvenientes mencionados, obstáculos que se antojaban invencibles. Le daba su beso de buenas noches, la dejaba en pijamas en la habitación y regresaba al estudio, a laborar en sus proyectos personales hasta altas horas de la noche.

Para David esos primeros días y semanas en Pasadena cuando Olga llegó de Moscú se plasmaron en su memoria como si fuera un espejismo, un invento absoluto de la imaginación.

Primeramente le dejó el recuerdo de algo maravilloso. Olga era como una pequeñita sonriente, una recién nacida. Sus pestañas tan rizadas y largas, sus ojos verdes cristalinos brillaban. Como el día que le dijo: "Oh… América, que país tan hermoso." David la escuchó en silencio. Estaban sentados en un parque adyacente a la bahía de Nassau. Era un remanso natural pequeñito, un lago poblado de patos. Un parque rodeado de palmeras y árboles de plátano. Los sauces llorones estiraban sus ramas, hundían las puntas de las hojas en el agua. Los gansos graznaban y alzaban el vuelo en grupo. Olga se chupaba los dedos mientras se deleitaba con un sándwich. Era carne de puerco en salsa *barbecue*. Así los recibió el atardecer, disfrutando placenteramente. Al entrar al apartamento Olga se retiró a descansar y se quedó dormida. David vio las noticias en la tele y luego tocó por un rato el Theremin antes de quedarse dormido en el sofá.

—¿Cuál es nuestro plan del día de hoy *Duhvid?* Preguntó muy animada Olga un sábado que el sol deslumbraba por la mañana. Su pronunciación tan peculiar del nombre a David le causaba mucha gracia. Ella estaba de pie en el dintel de la habitación. Le explicaba algo mientras cepillaba su sedosa cabellera; la teoría de cómo una verdadera dama debe planear bien su día. Era importante, primero que nada, esmerarse en el aseo personal y la apariencia. Porque la dama debe verse siempre bien. Pero no solamente verse bien a solas frente al espejo. Más allá de eso, ella debe verse mejor que otras mujeres, otras hembras que uno se pueda encontrar en la calle, en la tienda, mujeres que tal vez de una manera disimulada, admiran a su acompañante y se lo quieren robar. Tal vez el hombre también las mira a ellas, le llaman la atención, las desea por un micro instante mientras pasan por la acera. Por eso Olga le preguntaba a David que dónde estaba la báscula. Él dijo que no tenía. Olga respondió:

—¿Nunca te pesas tú mismo? Bueno, como eres tan delgado, no la necesitas. Pero una mujer siempre debe preocuparse por su figura, es un compromiso diario. Si no, después se va a sentir deprimida y frustrada. La mujer debe sentirse sexy para lograr atraer a su pareja. David la escuchaba con una media sonrisa en los labios. Olga hablaba sin parar como un muñequito de cuerda. David tenía en las manos una partitura que le pretendía mostrar, una pieza para piano muy antigua. Se disponía a tocarla pero obviamente no era el momento adecuado. Esta era "la hora de la belleza" y la música podía esperar. Olga trató de mostrarse enojada, se puso las manos en las caderas y las meneó.

—¿Piensas que este cuerpo tan sexy es una casualidad? No señor, la mujer debe trabajar en su cuerpo diariamente, es un menester que ocupa las veinticuatro horas. *Tsely den* —le decía en ruso—. Todo el día —repetía acentuando sus palabras— *tsely den*.

David se divertía escuchando a Olga exponer sus teorías.

—El piano puede esperar —le dijo David—. Yo estoy listo para salir cuando tú termines de embellecerte. Vamos al Wal-Mart y compramos una báscula, no te preocupes ¡Pero apúrate!

Olga se sonrió y torció la nariz diciendo:

—No señor, tampoco me apresures. La belleza debe de atenderse con esmero y paciencia. Cuando termine será cuando ya me sienta que estoy hermosa para ti. Necesito lucir esplendorosa para ir al *Walsmart.*

Desapareció por la puerta del baño y permaneció allí treinta minutos más mientras David leía el periódico.

—¿Me subes la cremallera por favor cariño?

Por fin salieron y disfrutaron un día de compras en lo que se convirtió en la tienda favorita de Olga, el *Walsmart,* como decía ella. Encontró muchos artículos de ropa para dama pero no quiso causarle muchos gastos. Salieron de la tienda sólo con la báscula.

Unos días después al regresar del trabajo David se topó con una notita de Olga, que decía:

"Salí a dar una vuelta, vuelvo más tarde. Besos. *Olya."* David se sentó a ver las noticias con un vaso de escocés en la mano y la esperó. Así estaba sentado en el sofá, descansando, cuando se abrió la puerta. Era Olga.

—Hola mi amor. ¡Tengo sorpresa!

Eso dijo y le dio un beso en la boca. Traía una bolsa de papel en la mano. Había visto en la calle anuncios de una venta de ropa usada, un *garage sale* tan popular entre los americanos. De la bolsa sacó varias prendas que había comprado y se las modeló una por una. En esa tarde cálida y tranquila, escocés con hielo en la mano, David pudo apreciar por vez primera la hermosa silueta de su huésped. Olga tenía un torso esbelto y una cintura estrecha. Sus piernas eran largas y torneadas, el amplio busto llenaba las copas de una blusa color rosa con cuello de colegiala y listones en las mangas. Las sandalias de piel y la falda corta de lino acentuaban sus amplias caderas. Y luego vino aquel conjunto marinero de azul y rojo, con la blusa ajustada sobre sus senos. Ella le modeló las prendas en la sala con movimientos de coquetería natural y él se quedó sin habla. No podía apartar la vista de la modelo.

—Solamente gasté nueve dólares. ¿Lo puedes creer? ¡Qué ganga!

Ella se lo mostró todo, de frente y de perfil, David temblaba de la emoción sentado ahí en su sillón. Por más que la deseaba sentía temor de que la impotencia le arruinara los planes.


Por la tarde Olga estaba sentada en el escritorio de la computadora, sonriente, muy animada.

—¿Qué haces reina? —Le preguntó David.

—Estoy chateando con mi amiga Raiza.

—¿Quién es Raiza?

Era una amiga rusa que Olga había localizado. Vivía en Austin, capital de Texas. Se habían conocido hacía años, en Rusia. La apreciaba mucho. Raiza le insistía que fuera a visitarla.

David se metió a la ducha y le gritó bajo el chorro del agua.

—¿Qué hay de cenar? Tengo mucha hambre.

Con el ruido de la regadera no escuchó la respuesta. Solamente se deleitó al sentir el torrente de agua caliente en la cara y el olor a lavanda de su de jabón. Disfrutaba mucho llegar sudoroso de su ejercicio y darse una ducha antes de cenar. Se sentía como un hombre nuevo. La cena fue una chuleta de puerco con vegetales salteados en salsa. David apreció la deliciosoa sazón en las manos de Olga.


Luego, ella se despidió. Se dirigía a San Pancracio, la iglesia cristiana ortodoxa de Pasadena. Olga había conseguido en la iglesia algo así como un empleo. Daba catecismo los sábados y clases de ruso para principiantes entre semana. Sus alumnitos eran los pequeños de inmigrantes latvios y ucranianos obreros de la clase popular que asistían a la parroquia los domingos. Le pagaban poco, solamente propinas, pero le servía a la rusa de ocupación y le ponía unos cuantos billetes en la bolsa.

David se sentó a tocar el piano. Disfrutaba su momento a solas. Se acercó a la computadora y entró a revisar sus correos. Al abrirla estaba prendida en un sitio que él no había visto nunca. En la primera página estaba la foto de un hombrón pelirrojo corpulento. Tenía una barba muy gruesa y pelo largo. Su nariz abultada, el ceño fruncido, de cejas muy gruesas; una mirada penetrante. Todos lostextos estaban escritos en escritura cirílica. De tal manera que David solamente pudo entender el nombre de Boris, lo demás, @*(@^*@&, era como si estuviera en chino. Dio vuelta a las páginas y se topó con otros hombres de características similares. Fotos de hombrones corpulentos, algunos portando un rifle, vistiendo chamarras de comandos, vestiduras de guerrilleros. Algunas fotos los mostraban en camiseta sin mangas, para lucir su musculatura, con bíceps y hombros y pectorales muy abultados, levantando pesas. Al avanzar las páginas de nuevo se topó con otra escritura ininteligible pero pudo sin embargo reconocer en ella signos arábicos.

Se quedó muy confundido de cuál sería la inclinación de Olga hacia este tipo de página. Concluyó que tal vez era una página de tipo romántico, sexual, un portal para romance con guerrilleros. El hallazgo lo dejó incómodo. Él sabía que Olga estaba en ayuno sexual ya por varias semanas y la pudo justificar de esa manera pero no sin sentir que le quemaban los celos el pecho. No se detuvo a pensar por qué Olga pudiera escoger este tipo de hombres de aspecto agresivo, fortachones armados y corpulentos. Lo analizó introspectivamente y decidió seguir en su rutina personal y respetar la privacidad de Olga, a sabiendas que no eran en realidad amantes ni prometidos. No habían hecho planes entre ellos para reafirmar su relación ni para intentar una relación más íntima. David decidió guardar silencio y respetarle a ella su espacio. No por eso dejaba de sentir terribles celos de ese Boris ^&^@*, cualesquiera que fuera su apellido, el pelirrojo del portal.

David se hubiera asombrado de saber la verdad. Saber que el sitio virtual era una central de mercenarios a sueldo. Soldados profesionales en busca de fortuna a base de su experiencia en combate; un curriculum muy valioso en el mundo de hoy infiltrado de terrorismo y violencia.

Salió al pasillo del corredor, estaba el piso mojado, el olor a ozono le llenó el olfato, recién había parado de llover. Se puso su chamarra y salió al auto a buscar sus medicinas pues el botiquín de la casa estaba vacío. Mientras buscaba los frascos, se sentó en el auto y observó a lo lejos a Clarissa que había salido de su apartamento y se dirigía a su auto, desapercibida de su presencia… Se veía muy linda en su atuendo color vino, un vestido medio largo y sus hombros cubiertos con un chal color gris oscuro. Su pelo negro y sedoso, colgaba bajo sus hombros en bucles como trenzas. David reconoció el ritmo sensual del caminar de Clarissa. Portaba sobre el hombro una pesada mochila. Cuando abrió la puerta, la luz le iluminó su rostro ovalado, sus facciones tan bellas. Puso un bulto en el lado del pasajero, hizo andar la marcha y se alejó en su Volvo de prisa.

Al verla se le vinieron a la mente dulces recuerdos de sus relaciones de hacía unos años.

# 10

## Amor correspondido, qué dulzura...
## Un romance singular

### Junio, 2008

David necesitaba un amor para ser feliz. Desde que perdió a Jayme, desde que le ahorcaba el monstruo de la epilepsia y la soledad David había aceptado vivir sin amor. Había perdido la esperanza de entregarse a alguien de esa manera. Estaba relegado a la existencia estéril de un solterón deprimido. Su mente inválida lo haría incapaz de cumplir como amante, como esposo o como padre. No era capaz de proteger a nadie. Él mismo necesitaba protección. Ese era su peor odio de sí mismo, su fracaso.

A mediados de semana Olga le pidió a David que la llevara a la tienda. Tenía pensado montar una gran cena con recetas de su abuela, estilo ruso de antaño.

—Ya lo verás *zakarok,* —mi azúcar— te vas a chupar los dedos con la cena de hoy.

Se le encendieron las pupilas cuando desfilaron por la tienda Randall's donde había una selección inmejorable de productos alimenticios. La cornucopia de las hortalizas estaba a la vista con unos colores intensos y brillantes: pepinos, limones, cebollas, chayotes y apios, unos aromas y colores deslumbrantes.

Hicieron sus compras y al regresar a casa con sus bolsas, subiendo la escalera, escucharon una hermosa voz que salía de la ventana. Era el sonido de una obra operática: "Oh mio bambino caro..."

Un tema muy famoso para una soprano. David se puso un dedo en los labios y le hizo señas a Olga para que no hiciera ruido. Le dijo al oído:

—Es mi amiga Clarissa. Es cantante, está practicando. Se acercaron con precaución a la puerta y escucharon deleitados la voz de una sirena que les llenaba los oídos de dulzura. Luego de un minuto el sonido paró y se abrió la puerta. Una joven salía por la puerta. Se toparon con Clarissa que salía de su apartamento. Los miró y les dio un tímido, "Hola". David la llamó:

—Espera un momento Clarissa. Mira, te quiero presentar a Olga. Olga, ella es mi amiga Clarissa, de la que te tanto te he hablado.

Olga le dio la mano e hizo una leve reverencia, doblando una rodilla:

—Qué lindo cantas.

Las dos se dieron la mano. Clarissa se había sonrojado al instante.

—Gracias. Me gustaría platicar con usted y conocerla mejor Olga. Voy a planear una cena al aire libre con ustedes dos, esta semana.

Sus lentes se le habían caído del puente de la nariz. Clarissa dijo algo así como "Encantada de conocerla" y dando media vuelta, se retiró de inmediato por el pasillo gritando:

—Voy tarde al ensayo.

Clarissa era soprano suplente del coro de la Ópera de Houston. Cada vez que montaban una obra, siempre había suplentes que preparaban los papeles, en caso que los titulares se enfermaran o perdieran el avión, para poder continuar con la función. Eso hacía Clarissa y además era maestra de primaria.

---

Tres días después la pareja recibió la visita de Clarissa. David la hizo pasar. Las damitas se miraron a la cara y se dieron la mano. Olga hizo una breve caravana. Los colores rosados le pintaron el rostro a Clarissa quien se aliñaba su pelo ondulado.

—Tomen asiento, dijo David y les preparó un te.

Se dirigió a la cocina y las damitas tomaron asiento.

De lejos se escuchaban sus comentarios:

—Cuéntame de ti, que planes tienes —preguntó Clarissa. La rusa respondió tímidamente…

—Es demasiado pronto para decidirlo, voy a evaluar mis opciones, primero quiero disfrutar de este maravilloso país.

David les acercó un platito con galletas y un frasco de aderezo dulce. Se esmeraba en su papel de anfitrión.

—¿Tienes familia? —preguntó Clarissa.

—Sí, familia normal, mi madre, una hermana y un hermano, ellos viven en Petersburgo, yo vengo de Moscú.

Olga volteó a la cocina y dijo:

—David, pon muy poca azúcar en mi té por favor querido.

—¿Y eres casada Olga, tienes hijos? —Preguntó de nuevo Clarissa.

—No.

Olga volteó la cara y preguntó:

—David qué es esta jalea, se ve deliciosa…

—Se llama "Nutella" es de avellana, pruébala, te va a gustar.

Las damas se sirvieron y sorbieron en silencio su brebaje de Chai. David les acercó unas servilletas y se sentó a disfrutar la compañía. Olga tenía el semblante adusto, guardaba silencio.

Clarissa insistió en el tema de la familia, diciendo:

—Y te gustaría tener familia, tener hijos Olga.

La rusa se puso roja y dudo en contestar, para al fin decir en breve:

—No lo sé, tal vez en el futuro, si encuentro a un hombre que le pueda tener confianza.

Se puso muy seria… David comentó:

—Clarissa es maestra de primaria, ella me ayudó a organizar el boleto de tu viaje.

Olga le dirigió una leve sonrisa. La conversación duró unos cuantos minutos. Olga se disculpó que su inglés era muy deficiente. Clarissa le explicó a David que se preparaba para una actividad con el grupo de escultismo, una reunión dominical para recibir niñas nuevas que se unían al grupo.

Después del te Chai, Olga, más relajada dijo:

—David, me das por favor la botella del "Pfeninshnaya", está en el congelador… ¿te gusta el vodka Clara?

—Clarissa… —aclaró ella y dijo—: nunca lo he probado, pero te acompaño con un sorbo.

David sirvió tres vasos y puso la botella sobre la mesa. Olga vertió el contenido que era claro como el agua de un arroyo.

Clarissa comentó que le gustaba el pelo rubio y largo de Olga. La rusa comentó que se lo había pintado, que antes lo llevaba corto y era de color café. Ya con el vodka en la cabeza le confesó que nunca había usado un par de zapatos de tacón hasta que le enseñaron a refinarse en la escuela de modelaje de Moscú

Era una escuela que le daba servicio a la agencia de "Romance por correo", la que le había organizado su increíble aventura de venir a la América. Así, ya muy platicadora le comentó a Clarissa que les enseñaban a caminar como una modelo, a escoger el tinte apropiado para el pelo, a maquillarse como artista de cine y a tener modales de princesa en la mesa formal.

—Ahí aprendí todo, si tú me hubieras visto antes no me reconocerías. Tuve que pulirme mucho para venir a la América.

—¿Y cuál es tu plan Olga. Piensas quedarte a vivir en este país? —Preguntó Clarissa con los ojos entornados por el sorbo de licor.

"Ha ha ha", la rusa pegó una carcajada.

—Lo dudo mucho. No me atrevo a pensar que me pudiera convertir en una americana. Por lo pronto es una experiencia maravillosa y algo que ha sido mi deseo más codiciado por varios años. Ya veremos que me depara el destino, debo pesar cuidadosamente mis opciones ¿no te parece?

Minutos después, la vecina se despidió y le plantó un beso en la mejilla a David antes de alejarse. Se despidió con un abrazo de Olga. La rusa tomó asiento de nuevo muy pensativa.


Ya a solas con David, Olga preparó una cena digna del Czar Aleksandr. Sopa de papa y *pirosh-ki's,* que eran empanadas de carne condimentada, envuelta en una masa de hojaldre y doradas en el horno con un brochazo de huevo de aspecto apetitoso y un sabor que hacía agua la boca. Abrió otra botella de vodka y le ofreció a David quien se sirvió sólo medio vaso. Terminó de preparar el banquete y llamó a David a sentarse a la mesa. Estaba muy platicadora, locuaz.

—David, quiero darte un millón de gracias por todo lo que has hecho por mí. Aquí está una cena rusa en el mejor estilo, solamente para ti. Sacó de nuevo la botella del congelador que era donde los rusos guardan el vodka y le hizo un brindis más. De postre le ofreció un combinado de natilla de leche al horno con nueces, delicioso.

—Dime que es lo que estamos celebrando —le preguntó David un poco animado por el vodka.

—Hay que celebrar la amistad. Brindemos a los verdaderos amigos. Así como tú y mi amiga Raiza.

—Raiza, tu amiga ¿la de Austin?

—Sí, es una amiga del alma, una buena mujer. Nos comunicamos mucho por la computadora. Me acaba de escribir anoche. Quiere que la visite. Me ha dado mucho gusto recibir noticias de ella.

Al hacer la sobremesa, la conversación giró hacia su increíble viaje.

—No te imaginas David cuánto tiempo yo había anhelado hace este viaje. Son casi cinco años desde que empecé a ahorrar mis kopeks para poder hacer los trámites. Ahorrando de mi pobre salario en la escuela y con la ayuda de la agencia de Romance Ruso, me ayudaron con las fotos, la computadora, con todo.

David le dijo que estaba feliz de haberla recibido en su casa. Le confirmó que llegados los tres meses, él la iba a acompañar a la embajada para renovar la visa y él mismo sería de nuevo su patrocinador. Olga se levantó de su asiento, dio vuelta a la mesa y le dio un beso en la boca. David había perdido la esperanza de alguna vez volver a hacer el amor, su impotencia era un mal incurable. Pero estaba equivocado. Olga lo besó y de pronto el mundo entero dio vueltas. Olga se sacó el *pulóver* y sus pechos saltaron a la libertad. David les dio la atención que se merecían de inmediato. Se sintió acariciado por un aroma de mujer que hacía mucho no había percibido. Estaba nervioso pero su miembro varonil respondió de inmediato; le sudaban las manos. La piel de Olga era tan suave como un paraíso de dulzura. Ella lo tomó de la mano y lo llevó a la alcoba. Unos minutos después los amantes se enredaron en las sábanas entre besos y atrevidas caricias.

De pronto se escuchó el tono del celular de Olga. "¡¿Qué?!" David estaba sorprendido. "¿Quién llamaba a Olga?" Ella se levantó desnuda de entre las sábanas y corrió a la sala donde estaba su bolso.

—Alo, aló, $&@.

Dijo algo en ruso, y continuó en una conversación con cierto interlocutor que obviamente entendía ese lenguaje. David permaneció inmóvil, su respiración un poco agitada. Pasaron los minutos y la voz de Olga muy excitada no daba señas de terminar la conversación. David se levantó, se echó encima su bata y fue a la sala a indagar la situación tan extraña. Olga se tapaba su desnudez con un almohadón del sofá mientras escuchaba atentamente en su celular. David la miró y le hizo una seña de interrogación levantando ambas manos con las palmas hacia arriba mientras deletreaba con los labios:

"¿Q u é p a s a?"

Olga le contestó sin una palabra asintiendo con la cabeza, y haciendo una seña con la mano que David interpretó como "espera un momento". Él se sirvió un vaso de agua, fue a la habitación y se puso su ropa interior y el pantalón. La conversación de Olga continuaba y ella misma entró a vestirse también. Luego sacó de su bolso un papel y un lapicero y tomó unas notas. David se quedó sin habla. Tomó asiento a solas en la sala. Olga regresó completamente vestida y se sentó en el sofá con el semblante descompuesto.

—¿Qué pasó Olga?

—Es Raiza, mi amiga. Hay un problema David escuchó la noticia, la madre de Raiza había fallecido en Moscú. Raiza le pidió dinero a Olga para pagar el funeral. Le dio los datos para que mandara un giro.

—¿Murió?

Olga explicó que había amanecido muerta en su casa. Se había desplomado a media noche. Lo más probable era que un ataque al corazón le había cobrado la vida en un instante. Los dos se quedaron en estado de *shock,* sentados en el sillón. Pasaron cinco minutos sin decir palabra. Olga se levantó, entró a la habitación, saco un suéter y salió por la puerta con su bolso.

—Regreso pronto.

Eso dijo al cerrar la puerta.


Al día siguiente de que murió la madre de Raiza Olga estaba tomando una ducha cuando David salía al trabajo. Entreabrió la puerta del baño y escuchó que ella dijo, *da svidanya,* desde la ducha. Esa tarde David se sentó a cenar a solas en el apartamento, de pronto la puerta se abrió y se escuchó la voz femenina.

—Hola cariño —Olga lo besó tiernamente en los labios—. Salí a buscar los aperitivos para la fiesta del Tsarevich.

Ella se había peinado sus rubios cabellos en una trenza francesa con una peineta al lado. Lucía esplendorosa. Vestía una blusa blanca de manga corta y una falda plisada de cuadros que adornaba sus lindas piernas. Se calzó frente a él unas zapatillas sin tacón. David comentó que era una lástima que no pudiera acompañarla pues estaba preparando los exámenes trimestrales. La congregación de San Pancrasio honraba esa noche al mártir Dimitry, Tsarevich de Rusia, que se celebra el tres de junio. Olga era la encargada de preparar la función litúrgica y ofrecer bocadillos a la concurrencia en el salón parroquial. David le pidió que se diera una vuelta para verla una vez más y Olga con mucho garbo le modeló su atuendo acentuando sensualmente las lindas curvas, sus encantos femeninos. Antes de cerrar la puerta le dio un beso en los labios.

Sintió celos al dejarla ir sola, pensó que algún pretendiente la esperaba por ahí, algún fortachón pelirrojo como el Boris del portal del Internet. Cuando Olga se fue a David lo invadió una ola de calor que lo sonrojó, le cubrió su pecho y se bajó a su ombligo. El fuego se deslizó entre sus piernas y ahí se anidó quemándole el vientre. David cerró los brazos apretándose a sí mismo y empujó su pecho contra la puerta. "Olga, mi adorada…Mmhh Olga."

Era la segunda semana de junio. David retornó tarde a casa del trabajo y encontró una notita: "Fui a San Pancrasio, vuelvo tarde. No me esperes. Tu cena está en el refrigerador, *Olya.*"

David se calentó su comida y se dio cuenta de que el atardecer se había apresurado por un nubarrón muy negro que cubría el firmamento. Se puso de pie y se asomó por la ventana. Las aves volaban de prisa en busca de refugio. Un inmenso rayó partió el cielo en mil pedazos, sus dedos eléctricos se esparcían entre las nubes. La tierra tembló. Gruesas gotas de agua no se hicieron esperar. Una tormenta tropical y eléctrica se apoderó de Pasadena. De hecho estaba esparcida por todo el sureste de la metrópoli de Houston. Era en esos momentos que David se daba cuenta que él nunca le ponía atención a las noticias. He ahí por lo tanto que la sorpresa lo estremeció, de seguro que el parte meteorológico había anunciado la tormenta desde temprano. David era tan distraído, lo sabía perfectamente bien. En momentos como éste se lamentaba por sus defectos. La verdad era que él pensaba que de cualquier forma nadie podía cambiar el clima. ¿De qué servía obsesionarse con las predicciones climatológicas? Además estaban erradas el cincuenta por ciento de las veces. Pero hoy hubiera sido bueno haberle dicho a Olga que se llevara un impermeable y un paraguas. O tal vez haberla llevado a la iglesia y haber hecho un plan para recogerla. Espasmos violentos de lluvia con rayos se sucedieron repetidamente. En la sala del apartamento la lluvia resonaba como una estampida de caballos galopando sobre del techo. Llovía tan fuerte que la lluvia llegaba en oleadas que azotaban la puerta y las ventanas horizontalmente. El aire se colaba por abajo de la puerta del frente. Un gigante del Olimpo estaba de pie en el barrio de Pasadena asustando a los pequeños seres humanos. Los insectos del género *homo sapiens,* tan vulnerables a los caprichos de la madre naturaleza. David estaba asustado pero a la vez había abierto las cortinas para disfrutar los rayos y maravillarse con la manifestación de poder del fenómeno natural. Terminó de cenar y empezó a preocuparse por Olga. El olor del ozono se infiltraba en el ambiente y refrescaba el aire. Un ventarrón entró por la puerta que se abrió. Olga entró con un periódico mojado cubriendo su cabeza y temblando de frío.

—Hola *sakharok,* ya estoy aquí, me trajo el sacerdote. ¡Qué tormenta! ¡Dios mío!

Olga le dio un beso que le mojó los bigotes y se alejó a la habitación para darse una ducha caliente y ponerse el pijama.

—Ahora vuelvo amor.

Olga se duchaba. La tormenta había disminuido considerablemente pero el ambiente de fiesta ecológica persistía en la habitación. David sacó el Theremin y acompañó el momento de inspiración con dulces melodías en el instrumento electrónico. Tocar ese instrumento era más como un estado de ánimo que una cualidad musical. Había días que no le sacaba un solo sonido agradable y sin embargo esa noche, escogió temas de ópera y la dulce melodía se infiltró en cada milímetro del apartamento. Se concentró en la música con los ojos cerrados y se sumergió en el éter de los dioses. Justo en eso, Olga irrumpió en la sala. Salió de la alcoba y le preguntó:

—¿Qué es eso que estás tocando?

David estaba concentrado, ensimismado:

—Es… ópera

Solo eso acertó a responder. Olga se paró frente a él. Secaba su pelo, estaba metida en la bata azul de toalla de David, esa reliquia que a él le avergonzaba tanto. Se acercó más a él y le dio un beso en los labios.

—¿Qué es lo que tocas? Por favor, por Dios te lo pido, no lo toques más. ¿Qué es?

David notó que una gruesa lágrima rodaba por las mejillas de Olga al insistir.

—Por favor mi amor. Es demasiado triste me vas a matar de tristeza ¡Deja de tocar, para ya! Olga le tomó la mano derecha y el sonido se murió lentamente.

—Me causa un dolor tan grande… ¿Cómo se llama esa melodía?

Olga lloraba inconsolablemente, empezó a sollozar. David se avergonzó. Apagó el interruptor del aparato y la tomó en sus brazos.

—¿Qué te pasa *Olya?* ¿Por qué lloras?

—Te lo suplico, no me preguntes por favor. Me ha venido a la mente un recuerdo muy triste. Mi padre tocaba esa melodía. Es famosa, ¿no es cierto?

—Sí, es *Casta Diva*. Es la plegaria de Norma la sacerdotisa, en la ópera de Bellini. ¿La has escuchado Olga?

Ella se quedó sin palabras. Lloraba a mares y escondió la cara entre sus manos. David se sintió culpable y sumamente triste. Apagó la luz. La sentó en el sillón y le trajo un vaso de agua de la cocina. La tomó entre sus brazos y la consoló mientras ella lloraba. Olga le explicó que la melodía le era familiar pues su padre la tocaba en el violín. La escuchó muchas veces de niña, pero ahora, ya de adulta, le causaba llanto y un dolor muy grande. David estaba consternado.

—Por qué lloras mi dulzura, ¿qué te pasa?

Olga gritaba y se limpiaba las lágrimas, los ojos enrojecidos. Su respiración se volvió rápida y desesperada, trataba de decirle algo.

—Es algo muy triste. Ni siquiera te lo puedo contar, me duele recordar y me duele hablar de esto —Olga se tapó la cara con las manos.

David la sostuvo, la abrazó, esperó a que ella se calmara. Se tardó mucho tiempo, un largo rato. David la mantuvo abrazada sin soltarla un momento. La dejó llorar en su pecho. Le dio de tomar agua. Le secó las lágrimas y la nariz con las mangas de la bata. Olga se puso de pie y corrió al lavatorio. David la siguió y escuchaba tras de la puerta los alaridos de dolor de una Olga totalmente desconocida, poseída de una tristeza inmensa que David no comprendía y nunca había presenciado. Se sentía culpable por haber causado la tragedia con su interpretación de la triste melodía de la Sacerdotisa de Bellini. Era en realidad un tema muy conmovedor. David se puso su pijama, se sirvió un vaso de *whisky* y esperó a que Olga se calmara sin interrumpirla. Le respetó en silencio su tremendo dolor. Abrió la cama y las cortinas de la alcoba, la lluvia amainaba y aumentaba, los rayos iluminaban la oscuridad de vez en cuando. David se recostó y esperó a que Olga terminara de llorar y le hiciera compañía en la habitación. Minutos después Olga salió del baño lentamente vestida con la bata. Se la quitó en el cuarto y se metió a la cama en un ligero pijama de bikini. Se deslizó entre las sábanas hasta encontrar su sitio. Encontró un nicho entre los brazos de David. Anidó su cara en el pecho de él. David la abrazó con ternura. David le acariciaba el pelo y le secaba las mejillas en silencio. Olga trató de disculparse.

—Lo siento mucho, perdóname por fav…

Pero de inmediato el llanto se apoderó de ella de nuevo y le cortó el habla. Se precipitaron una serie de explicaciones en ruso, '*&^@$* @*$@6 $ que David no entendió en absoluto. Él le puso la mano en los labios para hacerla callar y le dijo.

—No te preocupes amor, no me tienes que pedir disculpas. Olga dijo:

—Es que hay algo que tú no sabes de mí. Es un problema muy grande que tuve yo, un problema muy triste. Dio rienda suelta a su llanto de nuevo.

—Ya no hables, no me debes ninguna explicación —David la apretó fuertemente en sus brazos—. Si esto te hace sufrir tanto, no hablemos más de ello. Es más, yo tengo algo muy triste que decirte también. Tengo un secreto muy grande que por cobardía no te había contado. Olga lo miró a los ojos con atención con una cara de preocupación.

—Sí Olga, perdóname, no te he mentido pero no te he dicho del todo la verdad. Lo siento mucho. Yo padezco de una enfermedad muy seria. Sufro de ataques de epilepsia. Me dan espasmos de convulsiones y me desmayo. Es una enfermedad.

Ella le dijo:

—*Epilepsiya*, sé lo que es. Dan ataques súbitos, se pierde el conocimiento.

David le confirmó que ése era su gran problema porque además le causaba impotencia sexual. Que se sentía culpable de no habérselo confesado desde el principio. No le gustaba hablar de eso ni que nadie supiera.

—El mal me causó mucho daño. No te lo puedo contar todo. Fue muy doloroso. Era septiembre de 2004. Perdí mi trabajo, me quedé en la calle, se destruyeron los planes de mi boda y muchas cosas más. Fue una pesadilla. Pero más que nada me arrebató la tranquilidad, me quitó el gusto de poder dar una carcajada feliz, sin una sola pena en el mundo. Porque ahora nunca sé cuándo me va a dar el ataque de nuevo, me preocupa a diario y me arruinó mi vida íntima.

Olga asintió con la cabeza y miró hacia abajo. Sus ojos estaban muy abiertos, repitió entre dientes:

—2004, septiembre, lo que pasó a mí también.

Su respiración se hizo irregular y muy profunda, era una serie de suspiros. Después de unos minutos con voz quebrada le dijo a David:

—Yo digo nada, pero sufre mucho. Yo no puede hablar de este. Pero tú debes de saberlo. Yo pierde un hijo. Es mi secreto muy terrible. Era un angelito de nueve años. Él muere en un terrible incendio. Hace cuatro años. Yo piensa en mi hijo todos los días, a todas horas. Por las noches hablo con él, le rezo mucho y me contesta. Me dice que me quiere y que me extraña Por favor no pregunta nada más. No puedo hablar de este. ¡Es demasiado dolor! Olga derramaba lágrimas mientras David la consolaba entre sus brazos. La hizo beber un sorbito de agua y le dijo:

—Olga, cariño, no me debes pedir disculpas y no es preciso que hables de eso que te causa tanto dolor. Qué increíble que los dos estábamos sufriendo al mismo tiempo. Pero mi desgracia no es nada comparada con la tuya. Mejor ya no pienses en eso Yo te guardo tu secreto y ahora tú sabes el mío. Yo prefiero no saber más detalles y nunca te voy a preguntar nada de tu hijo. Me da mucha tristeza. Lo siento mucho por ustedes dos. Dios te bendiga. Yo guardo tu secreto aquí —y se tocó el pecho.

David se quedó callado y la sostuvo entre sus brazos tiernamente hasta que se quedaron dormidos juntos. Habían sellado un pacto secreto entre los dos. La tormenta y los pájaros habían sido testigos de estos dos pequeños niños que entre lágrimas se habían confesado lo más doloroso y sensible que guardaban en su corazón. La tormenta selló el pacto de la confesión. La lluvia azotaba las ventanas, el cielo rugía en su terrible poder, indiferente al sufrimiento de las creaturas de Dios; la madre naturaleza mostrando su habitual indiferencia al sufrimiento humano.

# 11

## Se apagó la hoguera
## Se enfrió el amor, pero el tango lo despertó

### Julio, 2008

Después de dos meses en compañía de Olga, David andaba en busca de algo que pudiera encender la llama del amor entre ellos, buscar cosas hermosas que pudieran hacer juntos. La hermosa mujer rusa que lo había cautivado al principio, la que pareciera ser la mujer ideal, ahora se mostraba fría en su presencia. El entusiasmo inicial se había enfriado seguramente porque David no lograba vencer sus temores, la incertidumbre e impotencia en la cama. Olga hacía llamadas telefónicas en ruso y pasaba largas horas en la computadora. David prefirió dejarla tener su tiempo libre para sí misma, se dedicó a estudiar y a salir a correr por el barrio.

Un día, quien recién volvía del trabajo, se encontró con Clarissa.
—Hola vecino —se dieron un abrazo—, ¿cómo estás?
—Bien.
Ella lo notó no muy convencido. Le preguntó por Olga y charlaron unos minutos. Clarissa decidió no decirle que había visto a Olga en compañía de otro hombre hacía apenas unos días, la noche que cayó una tormenta. No quiso entrometerse entre los dos. Se despidió de David con un beso en la mejilla
—Adiós me da gusto verte, espero que sigas bien, bye, bye.
Obviamente Olga estaba muy ocupada presa de cierta obsesión o tal vez algún hombre con el que mantenía contínuo contacto a través de la computadora. Al llegar del trabajo David la encontraba en su cuarto, enfrascada en sus proyectos cibernéticos, con la mirada fija en la pantalla

de luz neón. En otras ocasiones, al llegar a casa se topaba David con una notita de Olga que decía: "Salí a hacer ejercicio, vuelvo más tarde".

Las ausencias se hacían cada vez más largas y más frecuentes. Él sentía la frustración de no poder interesarla en nada. Estaba muy desilusionado. Olga le había dicho que estaba dispuesta a que fueran compañeros en la intimidad, pero a causa de sus miedos y los efectos del medicamento, había tenido experiencias muy frustrantes con ella sin poderla satisfacer y no quería enfrentarse más con esa realidad. David guardaba sus medicinas en la guantera del auto. Se las tomaba en secreto. Tenía miedo de que ella lo rechazara si le contaba todos los detalles acerca de su epilepsia.

En el mes de julio alguien puso un anuncio en la escuela: "Tango argentino, clases para todos los niveles, ¡precio razonable!"

A instancias de David se volvieron asiduos alumnos de un grupo de baile, de tango. Esperaban el jueves con ansia y practicaban casi todas las noches para estar listos. Un jueves en que practicaban la rutina del tango en el estudio, Diego, el instructor, llamó a Olga a la pista para demostrar unos pasos con ella. Los demás observaban cómo aquel esbelto bailarín de pelo negro y mirada profunda y sensual tomaba a Olga por el talle y ella levantaba una pierna para que la enganchara con su brazo y quedar así entrelazados en una pose muy íntima. Sin pensarlo, David se acercó a ellos y sintió un calor que le subía a la cara. Dio dos pasos al frente y se puso en jarras frente a Diego, mirándolo fijamente, retándolo. El maestro detuvo el ensayo y dijo: "Cinco minutos de descanso". Dio media vuelta y los dejó solos. Cada quien volvió con su pareja. Olga se acercó a David y le echó los brazos encima y le plantó un beso. Él protestó y le dijo muy celoso:

—Yo pensaba que preferías bailar con Diego.

—*Nyet, nyet,* —dijo ella— yo baila contigo.

Lo abrazó y le dijo al oído:

—Yo voy a casa contigo ahora mismo…

Volvieron a casa, parando en la pizzería para llevar algo que cenar. Subieron los escalones. Olga portaba unas cervezas y sus zapatos de baile en las manos. Al doblar el pasillo, un gato blanco estaba frente a la puerta, los vio venir y se dio a la fuga de inmediato. Olga abrió la puerta y entraron. David llevó la pizza a la cocina, planeaba darse una ducha primero pues el baile lo había dejado sudado. Sin embargo, Olga lo tomó de la mano y lo detuvo en la cocina. Lo empujó en contra del mostrador; le acercó sus senos al pecho y fijó sus ojos entornados en él. Una corriente eléctrica le corrió a David por todo el frente de su cuerpo. Acercó sus labios a ella y le besó el cuello y los lóbulos de las orejas. El aliento de Olga era como un brebaje misterioso que lo enloquecía, su respiración se volvió entrecortada y rápida. Ella lo aprisionó con fuerza con su cuerpo. Él avanzó un muslo entre las rodillas de Olga, ella cedió y separó sus piernas a la vez que lo miraba a los ojos. Se dieron un tierno beso en los labios. El aroma del sudor lo incitó aún más. Así la tuvo entre sus brazos y acarició palmo a palmo las espaldas arqueadas de ella hasta que la sujetó firmemente de las caderas y la apretó contra sí, contra su hombría que ya había despertado. No cabían las palabras, solamente el lenguaje universal del amor; las dulces quejas y los suspiros de los amantes flotaban en la cocina. David le dijo que adoraba el aroma de su pelo y de su piel. Ella contestó en ruso *"Y lyubliu tvoi glaze"*, un algo que fuera lo que fuere se escuchó tan dulce que no requería traducción. Se encontraron desnudos en la cama. Si acaso hubiera habido dudas sobre la hombría de David se esfumaron y salieron volando por la ventana. La pareja de amantes se entregó, el uno al otro por completo. La habitación estaba a media luz. Apenas un rayo de luz entraba por la ventana que daba al estacionamiento. David encendió un ventilador para refrescarse, volvió al lecho y miró con ternura los bellos ojos verdes de su amante mientras le daba un beso. La hembra se le ofreció de nuevo con los muslos abiertos suspirando de placer. Ella le mordía los labios y exploraba cada receso de su boca. Era una tigresa voraz sedienta de amor. *"Wenerog weriuhn, nene nuyuh..."*, etcétera, muchas palabras en ruso proferían aquellos labios que al oído de David significaban un "Te quiero" expresado en el lenguaje más puro del universo.

Olga le había abierto los secretos más íntimos de sí misma, era una mandrágora que dominaba a su amante como un endeble insecto. Lo embelesaba, lo hacía feliz y a la vez lo esclavizaba sin remedio entre sus dos grandes hojas.

Tuvieron así esa noche varios encuentros íntimos, era como si un cuarteto les tocara en privado un tango sensual y romántico. Una melodía para que sus cuerpos desnudos y sudorosos siguieran bailando. Después del último arpegio del tango del amor se quedaron desmayados, sin aliento, tomados de la mano en silencio. Todos y cada uno de sus músculos en relajación absoluta. David trajo de la cocina una cerveza, dos vasos y pizza fría para compartir. Comieron y saciaron su sed. Olga se recostó y llamó con el índice a David. Le dio un largo y tierno beso en la oscuridad, el último. Un instante después, se volteó sobre un costado y se quedó dormida en los brazos de su amante.

La tarde siguiente después de una velada tan maravillosa no quería llegar a casa con las manos vacías. Su bata azul de toalla estaba tan vieja y raída que se avergonzó de ver a Olga vestida en ella por las mañanas así que paró en la elegante tienda de Victoria's Secret. Buscó algo bonito y apropiado para su amada. Se sonrojó cuando lo miraban en la tienda comprando ropa interior para dama pero la ocasión lo ameritaba. Escogió un *negligee* y una bata de seda color rojo de patrones muy vistosos algo digno de ella. Cuando llegó a casa Olga estaba ocupada en la computadora. Lo recibió con gusto y se puso feliz cuando David le ofreció el obsequio algo que a ella le pareció elegantísimo y de muy buen gusto.

———◦◦◦———

Una noche Se retiraron temprano porque Olga no se sentía bien. David se quedó en la cama con ella. Hablándole al oído, acariciándole el pelo suavemente mientras ella musitaba que se yo entre dientes, cada vez más adormilada. Así la adoró viéndola a la media luz descansando, su cara angelical, las respiraciones muy profundas y pausadas. Se levantó a la cocina y se asomó por la ventana. La luz lánguida del farol pintaba las sillas del parque de color ámbar. Una zarigüeya se deslizaba lentamente en el jardín, con su agudo hocico husmeando entre las matas de gladiolas. David disfrutó el sabor de te de manzanilla mientras miraba hacia afuera y pensaba en lo bien que la habían pasado la otra tarde cuando cenaron la carne asada ahí en el patio con Clarissa. Así meditaba en silencio y se puso sus audífonos para escuchar en medio de la quietud de la noche una sonata de Bach para laúd, un descubrimiento reciente que había hecho en la biblioteca una obra de gran elocuencia y serenidad infinita.

Apagó la luz y se recostó en el sofá, no quiso entrar al cuarto para evitar despertar a Olga.

Todo era paz y tranquilidad, sólo un grillo chillaba en el andarivel del segundo piso. David se quedó profundamente dormido con los brazos entumidos, doblado en el sofá. "¡¡Ay… ay Dios mío, no, ay!!" Se escuchó un grito desgarrador en la recámara. Lo despertó de inmediato.

"¿Qué pasa?", Se preguntó. Se levantó y se dirigió de prisa a la alcoba. Prendió la luz del buró y vio la cara desencajada de Olga que miraba fijamente a la puerta del baño.

—Mira ahí va, míralo pobrecito, ¿qué le pasa?

—A quién, ¿de qué hablas?

—A Soslán, mira como tiene vendas en la cara

Los ojos de Olga estaban desorbitados, se veía pálida y desencajada, gritaba con aullidos de dolor, "Ay Dios mío, mi rey, mi amor, ¿qué te duele?"

David abrió la puerta del baño y prendió las luces diciendo:

—Mira, no hay nadie cariño, está vacío.

—No me mientas, ¿acaso estás ciego? ¿Por qué no lo miras?

La mirada de ella estaba fija en el dintel de la puerta, con las manos gesticulaba diciendo:

—Mira te está viendo, ahí está, ¿por qué lo niegas? David se acercó al lecho y la tomó en sus brazos mientras ella lloraba.

—Despierta mi amor, estás soñando, no hay nadie.

Al tomarla en sus brazos ella se resistía con una fuerza inaudita, lo empujaba y se negaba a creerlo.

—Me estás mintiendo David, ahí a está, ya se metió al closet.

Solo entonces observó que Olga estaba sudando profusamente y su cara estaba enrojecida. Le pasó la mano por la frente y se quedó impresionado.

—Estás ardiendo en fiebre Olga. Tienes temperatura. Fue al botiquín y sacó el termómetro, tenía temperatura. Ella lo miraba incrédula. Le mostró el medidor de luz intermitente en color rojo, 39 grados.

David se fue a la cocina y trajo un vaso de agua con hielos. Buscó unas aspirinas en el baño y se las dio. Olga se las tomó y dijo:

—Me duele la garganta

David la examinó.

—Tienes la garganta muy roja, por eso tienes fiebre.

Ahora te sentirás mejor

La recostó en el lecho, la destapó y se quedó con ella mientras escuchaba la respiración entrecortada con suspiros de vez en vez. Luego le puso una toallita mojada en la frente.

—Trata de dormir mi amor.

Entres sueños, ella repetía: "Soslan, mi Soslan, ¿qué te pasa mi amor, que te duele?

Se quedó dormida bajo el cuidado amoroso de David. Al día siguiente el doctor le ordenó unos antibióticos. David le preparo caldo de pollo y la obligó a descansar.

Ya tarde, por la noche, David entró de puntitas al cuarto que estaba semi alumbrado por la lámpara del buró cubierta por una toalla de color azul oscuro. Una luz tenue. Así la estuvo acompañando. Y le hablaba con afecto. Ella dijo algo muy significativo…

—No es la primera vez que se aparece mi niño. Ya lo he visto otras veces, siempre me mira así con lágrimas en sus ojos, con la cabeza vendada, pero no dice absolutamente nada. De seguro que algo le duele. Pero mi alma se regocija siquiera con verlo.

—Es la fiebre mi amor, eso es todo.

—No David, yo sí creo en las apariciones y los fantasmas de los seres queridos. Así también me ha visitado Valentina, en silencio, sin decir palabra, Tapada con una pañoleta gris, Con sus brazos cruzados en el pecho.

—Son tus nervios mi amor.

—No David, mis gentes me necesitan, me están esperando, vienen por mí.

—No digas eso.

—Es que así es, lo siento en mi pecho que los voy a ver muy pronto. No me asusta, no tengo miedo. Yo quiero verlos también.

David no supo que contestar, sus palabras le llegaron muy dentro al corazón, lo dejaron mudo.

Fue al a cocina y le trajo una taza de te caliente.

—Toma reina, te vas a sentir mejor.

Ella le besó las manos y en las suyas estaba el rosario, lo había sacado de su bolsa. David se quedó a su lado mientras entre labios ella musitaba: "Santa maría madre de dios, ruega señora por nosotros los pecadores, ahora y en la hora de nuestra muerte. Amén". Así se quedaron dormidos juntos los dos, David estaba vestido todavía en ropas de calle y ella se quedó dormida con las cuentas del rosario en la mano. La niebla envolvió los árboles, el rocío de la mañana acariciaba el seto.

# 12

## Amor apasionado
## Mikhailovna. Beslan, Rusia

### Agosto-septiembre, 2004

El 31 de agosto por la tarde Soslan y Varvara se preparaban para volver a la escuela. Mikhailovna estaba sola, alguien tocó la puerta.

—*Da, da* —dijo— ¿Quién es?

Una voz gutural respondió como un rezongo.

—Soy yo —era Mitya.

Abrió la puerta de inmediato. A ella no le agradaba que los vecinos lo vieran en la puerta de su casa.

—*Previet,* hola.

El hombre entró de prisa y cerró la puerta detrás de sí. Acarreaba un paquete en las manos, se lo dio a ella y lo puso sobre la mesa. Era un costado de cerdo, tocino y chorizos. Olga le ofreció un vaso de vodka. Mitya se lo tomó de un golpe. Le sirvió otro. Luego preguntó.

—¿Dónde está el niño?

Le explicó que estaban a dos cuadras en la casa de Valentina. Mañana sería el primer día de escuela, estaban preparando los útiles.

—¿Qué te trae por acá Mitya? Hace mucho que no he sabido nada de ti.

—Estuve fuera —respondió.

—Fuera sí, pero ¿dónde?

—En Tblisi —Mitya mentía pues había estado en escondites secretos en Grozny y en Xhurikau con Mufti y Pokolnikov.

Ella no le creyó, dudaba que Mitya pudiera cruzar a Georgia, y menos aún a Tblisi, pero no quiso discutir con el hombre. Se dio vuelta y abrió el paquete. Tomó un cuchillo y comenzó a cortar rebanadas de chorizo sobre una tabla de madera. Ella le dijo sin enojo:

—Yo siento que lo nuestro ya se ha terminado.

Sintió sus brazos, unos brazos poderosos que la abrazaron por detrás. Se sintió presa, trató de liberarse.

—Espera, espera un momento…

El hombre la dejó ir y puso cara de enojo.

—Mañana me voy —dijo.

Ella lo miró a la cara.

—Pero si apenas acabas de regresar, ¿a dónde vas ahora?

—Voy a estar fuera por una temporada, no tengo más detalles…

Ella dio dos pasos atrás y puso la carne en la nevera.

Sin mirarlo a la cara comenzó un monólogo.

—No sé a qué has venido. Hace tanto que no nos vemos de verdad que no queda nada entre nosotros. Ni siquiera tenemos de qué hablar.

No había terminado de decir eso cuando lo oyó decir:

—Mikhailovna no seas así. Hace mucho que no te veo y ahora me dispongo a salir de nuevo. Sabes bien que te extraño mucho.

Él se acercó y trató de darle un beso. El aroma sudoroso del hombre era muy fuerte. Hacía varios días que no tomaba un baño; tenía la barba crecida. Ella olfateó su aroma al instante y volteó la cara con disgusto. Él le tomó la cara entre las manos y le plantó a fuerzas un beso en los labios. Le besó la nariz y la frente, le buscó la boca. Ella se resistía y profirió una queja:

—Mmmhhhh. ¡Déjame en paz!

El hombre le cruzó la cara de una cachetada con el revés de la mano. Ella se quedó fría. Aquella inmensidad de hombre la presionó fuertemente contra la pared. Ella llevaba puesto un vestido color verde. Él le besó el cuello, aspiró el olor de su pelo. Ella estaba tiesa, sin devolver ni una sola de sus caricias. Mitya se agachó y le puso las manos atrás de las rodillas. La levantó en vilo. La empujó contra la pared y apretó su miembro contra los muslos entreabiertos de Mikhailovna. Ella le puso las manos en el pecho, lo empujó para desasirse de él. El hombre la soltó un instante y la puso en el suelo. Se desabrochó el cinturón y dejo caer sus ropas al piso.

—No, espera un momento, —dijo ella— ¿quién te dijo que me puedes hacer esto? ¡Estás loco! Déjame en paz, no ves que estoy sangrando. Es mi semana, ¡déjame ir! Ella lo cacheteó con fuerza y él le devolvió el insulto con una fuerte bofetada. Le alzó la falda, le rompió su prenda íntima, la levantó en vilo de nuevo y ella sintió el pene erecto.

—¡Eres un monstruo! —le gritó.

Por la fuerza, la venció, se tuvo que rendir, la penetró en contra de la pared; ahí en la cocina. Ella sintió que su cuerpo flotaba sostenido por aquellas manazas que le atenazaban los glúteos. Dejó de forcejear y se recargó en la pared. El consumó el acto de esa manera. Sus manos la sostenían por completo. Ella no estaba preparada pero sintió como el entraba muy adentro y le causó un tremendo dolor.

—¡Aagghh!, eres un salvaje.

El hombre arqueó su pelvis una y otra vez. Rugía como un oso en un coito salvaje hasta que dio un grito de placer y la bañó por dentro. Ella se puso muy roja, había perdido todo el control. Al terminar su placer el hombre la puso en el piso. Ella lo empujó con fuerza, le temblaban las piernas.

—Suéltame bruto, déjame ir.

Corrió al baño. El hombre se quedó solo en la cocina y profirió un grito de disgusto.

—*Hert voz mi.* ¡Me manchaste de sangre!

Profirió maldiciones mientras se subía los pantalones ensangrentados. Ella se encerró en el baño. Se aseó como pudo con una toalla húmeda. Escuchó ruidos de trastos en la cocina. Tenía ganas de llorar. Se vio al espejo y tenía la cara amoratada. Después que terminó de limpiarse se escuchó un portazo. Se asomó a la cocina, nadie estaba. Mitya se había marchado. La botella de vodka vacía estaba sobre la mesa. Un plato y un tenedor sucios encima del fregador. Sobre el mostrador estaba el frasco de Schucrut frío que él había sacado de la nevera. Ahí lo guardaba siempre. Los olores rancios del repollo y la cebolla fermentados le penetraron por el olfato. Se desplomó sobre la silla y comenzó a sollozar de dolor y de rabia. Ese salvaje la había violado y después se había servido un plato de comida antes de salir tranquilamente a la calle sin despedirse, sin pedir perdón, sin decir palabra. Se Daxia una ducha y a los veinte minutos llegaron Valentina, Varvara y Soslan. El niño se asustó al verla golpeada y le preguntó:

—¿Qué te pasó mamá? ¡Mira tu cara!

Me caí en el baño mi rey, me pegué en la cara. No te preocupes, ve a tu cuarto, saca tu ropa. Mañana es un día muy importante.

Ella había llorado mucho. Tenía los labios hinchados y un moretón en el ojo izquierdo. Le contó el incidente a Valentina, lloraron juntas. Valentina estaba lívida de rabia. Mikhailovna dijo que no podía ir así a la ceremonia en la mañana. Le pidió a Valentina que los llevara.

—Yo los llevo. Después de esto, quédate a descansar en casa. Necesitas serenarte. Esto es un abuso intolerable. Tienes que hablar con la policía, hacer un reporte.

Se miraron a los ojos, las dos sabían muy bien que la policía no haría nada. Además de que era peligroso enfrentarse a ese monstruo canalla, Dmitry. Solamente le quedaba tragarse su rabia y su vergüenza.

# 13

## Premeditación, alevosía, ventaja y crueldad... Beslan, Departamento de Ossetia-Alanya, Rusia

### Septiembre 1, 2004. 07:00 am

Beslan bregaba adormilado en su pereza matutina. Es un pueblito de la república de Ossetia del Norte y se encuentra a 110 kilómetros al oeste de la capital de Chechenia. Es un reducto aislado de población predominantemente cristiana. Septiembre primero, en Rusia es llamado también "El día del conocimiento"; es cuando se da inicio al ciclo escolar. Esa mañana del 2004 las celebraciones ya habían dado comienzo. Una muchedumbre se encontraba reunida en la escuela número uno de Beslan, dispuestos a llevar a cabo las celebraciones que durarían todo el día para honrar el comienzo de un nuevo ciclo escolar.

A la 07:30 de la mañana entraron al concurrido patio de la escuela un vehículo de transporte militar y una furgoneta Gazelle cargando un contingente de individuos camuflados y fuertemente armados. Sigilosamente se situaron en el perímetro y descargaron sus ametralladores al aire para dar comienzo a lo que ellos mismos anunciaron era un secuestro. Eran en total treinta y tres terroristas en su mayoría de origen checheno con explosivos y armamento de tipo militar. Vestían disfraces color negro o ropas de comando. Algunos portaban cinturones explosivos de los que usan los mártires suicidas del movimiento islámico del Jihad. Los atacantes cerraron las puertas y tomaron por la fuerza a 1,200 individuos. Los rehenes eran padres y madres, maestros y alumnos. Los atacantes de inmediato liquidaron a quien opuso resistencia. Condujeron a esa multitud al gimnasio de la escuela y allí los dejaron cautivos. Eran supervisados por miembros armados del mismo grupo. El mandamás, un individuo que se llamaba Pokolnikov, daba instrucciones a viva voz. Dirigían a la gente hacia el gimnasio de la escuela. Decomisaban teléfonos celulares y dictaban en voz alta que se debía guardar silencio. Un voluntario de entre la muchedumbre, de nombre Ruslán, se dio a la tarea de traducir las instrucciones al dialecto ossetio. Pokolnikov se aproximó al individuo y le dio un tiro en la frente. Ruslán se desplomó moribundo en el patio de la escuela. Para prevenir un motín fueron ejecutados de inmediato diecinueve hombres de la concurrencia. Los cuerpos de esos varones asesinados fueron lanzados al patio a través de una ventana.

A las 09:30 de la mañana las fuerzas policiacas de la localidad y algunos miembros de la milicia rusa, acordonaron la escuela e impidieron la entrada de los habitantes locales que al escuchar la noticia se dirigieron de inmediato a asistir a sus familiares que estaban adentro del gimnasio. Los militares rusos impidieron absolutamente la entrada de ninguna persona no autorizada a la escuela.

La segunda guerra ruso-chechena ya había cursado siete años, desde su inicio en 1997. El dirigente del movimiento separatista chechenos, Shamil Basayev, anunció en redes cibernéticas islamitas que el asedio en Beslan era obra suya; una estrategia para presionar la retirada de los rusos de la otrora independiente república de Chechenia.

Hubo largas horas de silencio y luego el pediatra doctor Leonid Roshal, quien fue solicitado por los terroristas, fungió como vehículo para iniciar la negociación entre las dos partes a las 16:30 del primer día. Mientras tanto en el gimnasio el calor era tan insoportable que hombres, mujeres y niños, todos, se quedaron en paños menores. Los comandos quebraron las ventanas para que corriera el aire. Se confiscaron todos los teléfonos celulares. Fueron separados hombres y mujeres en filas.

Los comandos no tenían qué ofrecer a los rehenes, ni víveres ni bebidas. La escuela estaba ya totalmente rodeada por la Militsia, la FSB, la Spetsnaz y el grupo ALPHA, organismos paramilitares de "seguridad pública".

Esa mañana Mikhailovna se había quedado en casa por vergüenza, para que no vieran en su cara los golpes que Mitya le había propinado el día anterior. Había despedido a Soslan con un beso en la frente. "Te vas a divertir mucho cariño, hazle caso a Valentina. Adiós, te quiero". Lo besó y lo empujó por la puerta. Valentina se los llevó a la escuela. A las 9:30, ella estaba lavando trastos en la cocina cuando oyó un grito de una voz de mujer y golpes insistentes en la puerta.

—Abre la puerta, abre la puerta...

Al abrirla se encontró con la cara consternada de una vecina de la misma cuadra, Tatiana, una mujer de edad madura:

¿Ya supiste lo que está pasando? ¡Hay un problema en la escuela!

Tatiana ni siquiera comentó nada acerca de la cara amoratada de Mikhailovna.

—¿Qué pasa? Ahora voy, dame un minuto.

Fue a su habitación y al pasar por el ícono se persignó.

—Dios mío... ¿Qué está pasando?

Recogió su bolsa, se enredó en un suéter y salió por la puerta como alma que lleva el diablo.

—Vámonos, vamos.

Eran unas doce cuadras de su casa a la escuela. Las dos mujeres corriendo se acercaban por la avenida Ulitsa Nartovskaya en donde ya se acumulaba una gran cantidad de gente. Oyeron ruido de carros y unas sirenas de ambulancia. Al torcer la esquina en la Ulitsa Kominyterna, Tatiana y Mikhailovna se encontraron con dos policías portando Kalasshnikovs. De inmediato las detuvieron y les impidieron el paso.

¿A dónde van?

—¿Qué está pasando? Quiero ver a mi hijo —dijo Mikhailovna.

—La zona está cerrada, está prohibido el paso.

El policía, un sargento muy alto de cara adusta les hizo saber sin duda alguna que era imposible pasar. Tenía órdenes estrictas.

—Si de verdad quieren ayudar, lo mejor es que se retiren y nos dejen hacer nuestro trabajo. La situación ya está al cargo de las autoridades. Por favor, atrás, de aquí ya no pasa nadie —se resistió el sargento.

Unos empleados del departamento de basura, vestidos con overoles, arrastraban unas barricadas de madera y acordonaban la calle. Un camión militar también había llegado y estaba estacionado a media calle. Dos soldados de pie en la cama del camión lanzaban a la calle unos rollos de alambre de púas. Luego bloquearon el paso y apostaron una zona militar. Mikhailovna, muy airada, le reclamó al policía.

—Yo de aquí no me muevo, tengo que ver a mi hijo.

¡Mi Soslan está ahí adentro!

El sargento volvió a donde ella y le gritó en la cara.

—¡Escuche señora, tengo instrucciones estrictas de arrestar a cualquier quejoso que altere el orden; más vale que obedezca o si no se va a la cárcel!

Los colores se le subieron a la cara a Mikhailovna. Se quedó muda y luego se fue retirando con la mirada del policía. Los ojos del hombrón fijos en su cara. Se reunió dónde estaban otras mujeres la mayoría vestidas con ropas humildes, con atuendos que delataban que se habían salido de su casa al instante, vestidas como estaban, con pañoletas, algunos en pantuflas o batas caseras. Todos se alejaron del perímetro de 50 metros que la policía exigía y se pusieron a esperar en la acera. Enmudecidos, pálidos, las mujeres temblaban, se abrazaban unas a otras…, rezando.

# 14

## El séptimo infierno
## Beslan, segundo y tercer día del asedio.

### Septiembre 3, 2004.

Durante el día se oyó el rumor de que alguien importante se disponía a visitar la escuela y entrevistarse con los así llamados "boyviki". Era el ex presidente de Ingushetia, Aslan Aushev. Un personaje reconocido quien hizo una visita en son de paz. Después de múltiples conversaciones, los boyviki accedieron a soltar rehenes en señal de buena voluntad. Fueron liberadas 26 personas. Eran mujeres con sus pequeñitos en brazos. Las madres se alejaron corriendo del edificio. Afuera las esperaban sus familiares y cientos de vecinos que aplaudían el momento tan feliz. Se les veía hambrientas y sudorosas vestidas con ropas ligeras, los bebés deshidratados, exhaustos. Aushev dio a entender que era una muestra muy positiva por parte de los terroristas y auspició que el Kremlin les daría una respuesta positiva. Cuando el ex mandatario terminó su visita y trató de establecer comunicación con la cúpula rusa, no tuvo éxito en lo más mínimo. No le contestaron sus llamadas. Aushev pudo caer en la cuenta que Putin se negaba a negociar con los "boyviki". Debe haber sospechado que no había esperanzas para resolver la tragedia sin derramamiento de sangre. Había un precedente, el secuestro del teatro de Moscú en Octubre del 2002 en el cual perecieron 130 civiles intoxicados. La causa fue el uso de un gas con que inundaron el teatro los comandos Rusos. En aquella ocasión todos los terroristas fueron ejecutados en el acto.

Al ver la actitud de silencio de los rusos, los terroristas a nadie le permitieron tomar agua ni probar bocado. Pokolnikov perdió la paciencia y estrelló su celular en el piso. Llamó de nuevo a la directora y le ordenó que hiciera llamadas telefónicas al Kremlin y a la jefatura de Gobierno de Ossetia del Norte. La maestra regresó de su oficina con una noticia poco alentadora.

—Nadie contesta el teléfono, ninguno de los dos números responden.

Ese 3 de Septiembre de 2004, cuando Mitya cayó en la cuenta que las negociaciones entre los rusos y Shamil Basayev se estaban desmoronando, Mitya decidió salvar al hijo de Mikhailovna. Mitya y el pequeño corrieron juntos atravesando el patio de la escuela y luego lo levantó en peso. Llevaba al niño sobre las espaldas, iban directamente hacia el portón, todo estaba silencio cuando de pronto, los lanzallamas rusos explotaron y alcanzaron su destino: el techo del gimnasio. Las bombas incendiarias disparadas por la agencia de fuerzas especiales de Rusia, la FSB, penetraron a través de las ventanas donde estaban todos los rehenes hacinados. Mitya cruzó el patio a la carrera con el chico en su espalda, sujetado de sus hombros. Vio de pronto tres fantasmas vestidos de negro que tumbaron la puerta y entraron al patio. Reconoció los uniformes del escuadrón "Alfa". Dos corrieron de paso y uno se detuvo a acosarlos. Puso al niño en el suelo y le disparó dos veces al ruso con la "Makarov". El primer balazo le dio entre las cejas. El hombre dio un giro sobre su eje, como si fuera un ave malherida, como un pájaro con un ala rota. Se desplomó en el piso apenas a tres pasos y daba giros en el suelo, agonizando. El segundo comando se regresó, los vio de frente y les apuntó con la Kalashnikov justo el momento en que Mitya sujetó y desvió el cañón. La descarga explotó. Aún podía ver el visaje del soldado ruso que les disparó a boca de jarro. La cara iluminada del soldado era como una migraña que le taladraba el cerebro. Las centellas lo dejaron ciego. Las explosiones le reventaron los tímpanos, aun así, empujó la boca del rifle automático a la vez que tomó al soldado de la chamarra. El arma vomitaba fuego, Mitya sintió un puñetazo en su ojo izquierdo. Se avalanzó sobre el soldado y lo tiró al piso, cubriéndolo con su propio peso. Lo aprisionó contra el polvo. Con la mano derecha lo pescó del cogote. Directamente apretando la manzana de Adán. Tenía el cuerpo del comando contra el piso. Se concentró con toda su fuerza y sintió el crujido de la garganta. Le fracturó la laringe. Siguió sin soltarlo. El hombre se desvaneció por un instante y luego le vino un salvaje ataque de patadas y manotazos a lo loco. El soldado buscaba hambriento una bocanada de aire, siquiera un suspiro. Dmitry lo soltó, el soldado escupió saliva con sangre. El hombre se sentó, se tomó la garganta, como si se ahorcara el mismo. Trataba de tomar aire pero se ahogaba en su propia sangre. Profirió estertores de desesperación y quejas profundas desde el corazón "Agghh… aahhhmm…" sin poder respirar. Entonces le vino un vómito de sangre y vodka, era una mezcla apestosa de jugo de bilis y licor. Se desplomó muerto. Mitya volteó y pudo ver, detrás de él, el cuerpo maltrecho de Soslan que se movía en espasmos lentos de agonía, su cabeza se convulsionaba de un lado a otro. Apreció entonces el boquete en la cara del niño, el ojo izquierdo era la boca de un volcán de color negro. La camisita blanca, ensangrentada. "Dios mío, mató a Soslan…" Se acercó a él, se puso de rodillas y lo levantó en sus brazos.

Cuatro comandos más entraron corriendo por la puerta. Uno vio a su camarada muerto y se detuvo, los otros tres se lanzaron a gran velocidad hacia los edificios. Desde el piso, Dmitry tomó la bota del soldado y de un jalón lo tiró al suelo. Sintió en eso un culatazo salvaje en las costillas. Un disparo violento le estalló a Mitya junto al oído. Sintió que su brazo izquierdo se movió como arrastrado por un poderoso ventarrón. Mitya estaba medio ciego. Miraba la camisa sangrienta de Soslan. Tiró del pantalón del comando y lo enganchó en un abrazo del oso. Con sus 150 kilogramos de poder lo tenía sujetado firmemente. Tenían entre los dos el cañón del rifle. El comando perdió el dedo del gatillo. La barba de Mitya estaba justamente rozando la nariz del soldado. Lo miraba directamente a los ojos. Fue una movida muy ágil, como en sus entrenamientos de lucha greco-romana, la que hizo Dmitry. Con una mano lo jaló y se colocó directamente detrás del soldado. Pero ahora estaban los dos de pie. Mitya le sacaba totalmente una cabeza de altura al comando alfa. Le puso el brazo derecho en el cuello y se dejó caer para atrás trayendo consigo el peso del soldado sobre su propio cuerpo. Ahora lo apretó y lo apretó en el cuello sin dejarlo respirar. Ahogándolo en una tenaza mortal. Lo tomó del casco, lo movió un instante a la derecha y luego lo torció salvajemente a la izquierda. Las vértebras del cuello dieron un crujido pavoroso. Le dobló la cabeza y lo dejó así, con el cuello torcido, agonizando, encima de él, como una gallina descabezada. El soldado manoteaba pero estaba herido de muerte. Mitya lo tenía encima como parapeto contra las balas. Esperó unos minutos hasta que dejó de moverse. Le pareció una eternidad. Mitya dio un último vistazo incrédulo al cadáver de Soslan y se puso de rodillas junto a él. Solamente le quedaba una cosa qué hacer, era correr. Y corrió y corrió y corrió. Al cruzar el dintel del portón estaba una Gazelle estacionada en la banqueta, la caja vacía. Mitya se subió y se recostó un momento en el piso del vehículo militar. Tenía solamente dos tiros en la recámara. La makarov era su seguro, su único destino. Los había guardado para darse un tiro en la sien.

De pronto estallaron tres bombas incendiarias en los edificios y una gran llamarada se levantó al cielo, humo negro mezclado con llamas subían por el cielo. El Gazzelle empezó a rodar hacia adentro, lentamente, rumbo a los edificios de la escuela. Mitya saltó, se metió la pistola bajo el cinturón y sosteniendo su propio brazo izquierdo corrió como un venado. Iba agachado, iba doblado sobre sí mismo, pegado a la barda de la escuela. Corrió tan rápido que en un instante llegó al final de la Komynternaskaya. Los vehículos militares avanzaban a gran velocidad, dispuestos a tomar sus posiciones a la entrada de la escuela. Dmitry se refugió detrás del tronco de un mirto muy grande. Miró con su único ojo bueno a su alrededor para decidir por donde avanzar. Ahí estaba, apenas a diez metros una casita del barrio humilde que rodeaba la escuela.

Cruzó la calle, le dio una patada a la puerta y entró en un instante, la volvió a cerrar. Tomó dos respiraciones y gritó: "¿Chto. Chto?" No hubo respuesta, la vivienda estaba sola. El ruido de la batalla era como si hubiera explosiones de fuegos artificiales, cohetes y buscapiés explotando afuera. Se escuchaban armas ligeras. Las kalasnhnikovs, con sus descargas rítmicas, daban sus "ra ta tas tas". De vez en cuando se escuchaban explosiones, tal vez una granada o una bazooka. Era una escena del infierno, un pandemonio. Mitya sabía a ciencia cierta que cada minuto que permaneciera inmóvil se acercaba al momento de su captura o se acercaba al momento de su muerte por suicidio. El brazo le ardía mucho. En la semi oscuridad, se dirigió a la parte de atrás de la vivienda y descubrió una portezuela de madera con una aldaba. Abrió la puerta y se encontró en un jardincito privado con plantas y macetas. La pared del fondo daba por una puerta a un callejón. Se acercó, dio vuelta a la manivela y se abrió. Mitya avanzó despacio por la calle, no quería llamar la atención. Una vez que pasó de la kominzkaya que colinda con el distrito de riego del rio Terez, Se topó con una muchedumbre que apesadumbrada y a la vez despavorida se iba acercando a la escuela. Eran padres de familia, campesinos, gente del diario, obreros. Nadie le dio importancia verlo a él, un gigante entre los liliputienses. Estaban en un estado de "shock" absoluto. Incrédulos del infierno que se había desatado en Beslan. El tranquilo pueblito era como un frente de guerra.

Al cruzar el distrito de riego la calle estaba desierta. Desde ahí, Dmitry reconoció el edificio del gimnasio, donde tantas veces asistió a sus entrenamientos pre olímpicos. Se acercó al edificio, estaba vacío y cerrado pero de ahí él ya conocía muy bien todos los caminos y las veredas. Sabía que atrás de la línea de departamentos habitacionales del gobierno, estaba un rancho y campos de trigo y sorgo. Huertas de naranjas, ganado. Estaba ya en las afueras de la ciudad, tierras de cultivo. Había grandes abedules y pinabetes. Se había escapado. Lo comprendió al fin dando un gran suspiro. Tomó la ruta que le era conocida. Mitya corrió y corrió varias horas como un loco entre los sembrados y los arbustos. Se sabía de memoria todas las veredas. Habían sido las rutas de su entrenamiento a campo traviesa. Le dolían los pies. Cosa muy rara, las vacas estaban ahí pero los rancheros no daban la cara. Nunca había visto ese rancho tan desierto, los animales solos. A lo lejos, se podía detectar perfectamente la posición de la escuela. Un hongo de humo negro continuaba subiendo entre las nubes. El espectro de la muerte flotaba lánguidamente, amo y señor del poblado de Beslan.

En el Kremlin, la cupula militar, el General Tikhonov pronuncio su dictamen descarnado acerca de los terroristas:

"Esos perros Chechenos han cavado su propia tumba,
dejadlos que mueran todos ahi mismo, no hay nada
que negociar."

La orden que descendio desde el Kremlin hasta Beslan fue de abrir fuego contra el gimnasio repleto de civiles. El ataque incendiario de los tanques Rusos cobro la vida a trescientos inocentes menores de edad y hubo incontables heridos. Todos los miembros del peloton Checheno fueron ejecutados salvo uno que escapo disfrazado de mujer. Nur Pashi Kulayev, que era su nombre, fue capturado de inmediato. Lo presentaron como el único acusado en el banquillo durante el juicio que se dio lugar en Vladikavkaz. Pashi fue hallado culpable y sentenciado a cadena perpetua. El mandamás del ejercito Ruso en Ossetia del norte, General Valery Andreyev se negó a comparecer ante el juzgado.

Amaneció fría la mañana después de todas las muertes. Apenas si pudo pegar ojo. A las 05:00 Mikhailovna se preparó un té y calentó una rebanada de pan. Diez minutos después se dirigió hacia la ribera del río Terek. De pasada tocó la puerta y Tatiana salió de inmediato. *Dobrejah outra*, se abrazaron las dos y enredadas en un suéter y una pañoleta se dieron prisa para llegar a la escuela. Los soldados estaban cambiando sus guardias. Había cientos de vecinos que habían pasado la noche entera en las aceras, durmiendo en el suelo, aguardando a que finalmente se diera la lista de los fallecidos. El día anterior había sido testigo de encuentros muy emotivos de los afortunados que sobrevivieron. Los heridos fueron transportados a los hospitales. La inmensa proporción de la tragedia apenas empezaba a asentarse en las mentes, era un infierno.

Durante la mañana las brigadas médicas llegaron vestidas con batas blancas y guantes y mascarillas quirúrgicas. Se dieron a la tarea de recoger restos de las víctimas. Los empleados y empleadas de la cuadrilla tenían los ojos llenos de lágrimas. El olor a carne quemada y podredumbre era insoportable. El techo y los marcos de las puertas todavía tenían algunos hilillos de humo de lo que fue el tremendo incendio. Las paredes del gimnasio mostraban los boquetes que los tanques habían abierto en la pared. Había ladrillos desmoronados en el piso. Las madres que perdieron sus familias iniciaron una lista de sus desaparecidos. Los soldados a las 11:00 de la mañana hicieron la primera lista oficial y la clavaron en un pizarrón. Un agente del gobierno de Ossetia levantaba un censo con los nombres de todos los desaparecidos. Mikhailovna aguardó en su turno en línea llorando como todas las demás hasta que pudo anotar con su propia mano Soslan Tomacz Sobolov, justo al lado del número 156.

Ya era septiembre 4. Así pasó el día entero, los camiones con tropas entraban al patio de la escuela y recogían cargas de restos humanos en bolsas negras de hule. Se fueron alejando poco a poco, para llevarlos a una morgue temporal que se adaptó en el aeropuerto estatal, la pista aérea en la capital de Ossetia, Vladikavkaz, a 30 kilómetros de Beslan.

# 15

## La *Dacha* de Valentina
## "Se me acabaron las lágrimas"

### Noviembre, 2004

Sentada en la dacha de la finada Valentina, Mikhailovna escribía en su diario para consolarse, como si estuviera hablando sola. "Yo nunca exigí demasiado de la vida y San Jorge lo sabe muy bien. Yo solo quise ser una persona, normal, una madre y esposa ordinaria. Aun después de que la FSB se llevó a Tomacz, a mi amado esposo, aún cuando supe que no habría de volver a verlo, encontré un remanso de paz en la oración. Acepté mi desgracia como buena rusa sin rebelarme contra Dios. Solamente ansiaba ser una buena madre, cuidar de mi hijo, vestirlo, darle de comer, hacerlo feliz. Eso era todo a lo que yo aspiraba. Y mira tú, nada más lo que sucedió —escribía como si estuviera hablando con su propia imagen del espejo—. Me duele el pecho cuando me acuerdo del tercer día. En esta vida no hay justicia, por eso corrí a la esquina donde estaba el ícono de San Jorge y lo lancé al suelo y lo quebré a patadas. Por eso fue que blasfemé contra mi fe. ¿Yo qué te hice San Jorge? ¿Por qué permitiste que pasara esta tragedia? ¿Dónde estabas tú cuando mi niño necesitaba tu protección? ¡Eres un inútil, San Jorge, un ídolo de barro, un trozo de basura!"

Mikhailovna dio inicio a las tareas de un día más. Con un paño limpió los trasteros y las ventanas. Limpió el fregador y la estufa le daba cierto placer acariciar las pertenencias de su gran amiga quien fue inmolada también ese día horrible de la tragedia. Olga desarmó el viejo samovar que Valentina tenía en la dacha. Era de cobre con un ligero baño de plata amarillenta. Tenía dos asas muy grandes y estaba grabado con una letra "A" en caligrafía muy elegante. Se refería a Anastasia, la abuela de Valentina, que había muerto hacía muchos años. El samovar había sido el centro de largas horas de convivencia en la casa de los abuelos de Valentina. Limpió el tubo del incinerador, sacó todas las cenizas acumuladas. Salió un momento al patio y las esparció en la tierra. Con un cepillo enjabonó el interior y ensambló de nuevo las partes ahora resplandecientes.

Mikhailovna se subió a una silla y buscó una bolsa de té. Se encontró un bote de aluminio con una tapadera roja. Lo abrió y adentro estaba una bolsita de té. Se bajó y lo depositó sobre la mesa. Ahí estaban las hojas secas de tilo y también cáscaras viejas de naranja. Habían perdido su aroma. Había también pétalos de flores en la mezcla para el brebaje. Se preguntó cuántos años habían estado ahí dormidas… Metió la mano en el bote y al fondo se topó con una bolsita de hule. La sacó y reconoció un grupo de monedas viejas de metal oxidado. Monedas de cinco y veinte y cincuenta kopeks. En total había treinta rublos en la bolsa. Sólo Dios sabía cuántos años Valentina se tardó para juntarlos. Mikhailovna se sintió de pronto culpable con la finada. Se avergonzó de estar hurgando entre sus cosas, su vida privada, sus enseres. Decidió guardar todo exactamente como estaba, cerró la bolsa. Llenó el bote y le puso la tapadera roja. Lo volvió a colocar donde había estado por tantos años. Decidió que en realidad hoy no quería tomar el té.

Por la tarde, antes del ocaso, Mikhailovna caminó entre los surcos de repollo, cebolla y betabeles rezando las letanías:

"Torre de marfil, Arca de la alianza, Torre de oro…" Por la noche el viento agitaba las ventanas, la casa estaba muy fría. Se sentó a llorar en el sofá pero tenía los ojos secos; se le habían agotado las lágrimas. El ventarrón chiflaba a través del marco de la ventana. Hacía varios días que planeaba sellarlas. Había pensado pedirle al mecánico del taller que le prestara un rollo de tela adhesiva, pero su voluntad para salir a la calle y darle la cara al sol se había agotado. Prefirió caminar en el patio y rezar o leer los salmos ahí dentro de la dacha.

En la oscuridad, el reloj de la cocina marcaba las 04:15. La insistencia de los números neón de color rojo le causaban fastidio. Un ruido se escuchó en el callejón. Se levantó asustada y fue a la ventana. Unos frascos cayeron al suelo y se hicieron añicos. Alguien estaba ahí afuera forcejeando. Se puso un suéter y se enredó la cabeza en el chal. De nuevo se atrevió a mirar, alzando las cortinas, y escuchó un aullido salvaje y desesperado. Ahora sí lo pudo ver; lo vio subiendo al bote de la basura, era un gato pardo, un animal grisáceo y estragado. Se le veían las costillas. El felino buscaba entre la basura algo para matar el hambre.

Suspiró con tranquilidad y se dirigió a la cocina. Destapó el jarro y tomó un trago de agua. Por un momento le dio las gracias al intruso porque la hizo olvidar por un instante el dolor que le penetraba el pecho a cada minuto. Sobre la mesa del comedor estaba la lonchera del niño. Ahí estaba esperando a que ella la llenara de frutas y unas rebanadas de pan y un huevo duro para el almuerzo escolar. El amor de su vida había desaparecido hacía ya dos meses.

Por la mañana Zémfira pasó a visitarla. Le trajo noticias. Todo acerca del hombre de Nur Pashi, el úncio checheno sobreviviente, al que habían interrogado los jueces en Vladikavkaz. Era lo único de lo que hablaban en el pueblo. El juicio, los asesinos, los que planearon el asalto y salieron con vida. El demonio Basayev.

—Son el demonio Basayev y este llamado Nur Pashi.

—Eso es todo, ¿no es verdad? —le preguntó a Zémfira. La mujer guardó silencio. De su corpiño sacó un bille-
te de cien rublos:

—Toma, para que te ayudes —le dijo.

Ella se negó a aceptarlo pero Zémfira le dobló los dedos y le apretó el puño muy fuerte.

—Acéptalo, por favor.

—*Spasyba* —le respondió Mikhailovna y le dio tres besos en las mejillas.

Se despedían en la puerta pero Zémfira no daba un paso, Mikhailovna la miró a los ojos.

—¿Qué pasa, hay algo más?

Los tristes ojos de Zémfira se veían aún más caídos que de costumbre. Le temblaban los labios.

—Mi Vladimir me contó que lo vieron salir corriendo, al monstruo.

—¿A quién?

—A Mitya.

—¡Mitya! ¿Qué hacía él ahí?

—Era parte del grupo. Mi Vladimir lo vio alejarse de la escuela cuando explotaron las bombas, se escapó. Ahora dicen que está en Bakú.

Dios mío, cómo puede ser. ¿Ese monstruo era parte del grupo? Zémfira simplemente asintió con la cabeza.

—¡*Boshe moy!* —gritó Mihkhailovna. ¿Cómo es posible que ese cobarde haya sobrevivido y todos nuestros muertos ya pasaron los cuarenta días de enterrados? ¡Aghhh, no lo puedo soportar!

Dio un tremendo alarido de desesperación y dejó a Zémfira sola en la puerta. Mikhailovna se lanzó corriendo entre la maleza gritando: "¡No puede ser, Dios mío, no puede ser!" Corrió y corrió entre los árboles sin caer en la cuenta que trataba de ahuyentarse de sí misma, de sus propias recriminaciones. Corría huyendo de la culpabilidad de haberse acostado con el traicionero asesino, ese recuerdo ahora se había convertido en una daga ardiente clavada en su pecho.

# 16

## Escape
## La huída frenética

Nazran, Ingushetia, Federación
Rusa. Septiembre 5, 2004.

Apenas Mitya dejó de ver las afueras de Nazran, se topó con una bodega muy grande, un granero. Decidió descansar un poco antes de llamar a Mustafá. Abrió la puerta del granero; el olor a estiércol era inconfundible. Las vacas se agitaron por su presencia y su olor; empezaron a mugir inquietas. Era olor humano a sangre, a feromonas de adrenalina, de animal en fuga, asediado. En la oscuridad, se agachó a tientas y localizó un balde lleno de agua. Se llenó la barriga y volvió al monte. Se sentó en el tronco de un árbol a esperar la madrugada para llamar a Mustafá.

     El celular sonó.
     —Marhaba.
     —¿Quién eres? —preguntó la voz ríspida de un viejo.
     —El todopoderoso no carga en un hombro más peso del que puede soportar.
     —Ah, qué bueno, Hamdel Allah —replicó Mustafá—. ¿Estás herido?
     —Sí.
     —Iremos por ti. ¿Traes cola?
     —No.
     —¿Qué tan lejos estás?
     —Puedo lanzar una roca y pegarle a las puertas del occidente de la ciudad.
     —Dame tus coordenadas.
     —40.409 grados norte, 49.866 grados este.

—Ahí estaremos. Vamos por ti en treinta minutos. Sintió que pasaron horas desde que enganchó y apagó el teléfono. A la distancia, pudo ver una luz que se acercaba cada vez más, mientras amanecía. Al principio eran apenas unas lucecitas como de cocuyo y se fueron haciendo grandes paulatinamente. Era un camión de carga. Se pasó un kilómetro y dio una vuelta en equis en una vereda. Dmitry se quedó desconcertado. Se escondió bajo las ramas de un huisache, se enredó en las hojas y permaneció en silencio. Las aves trinaban sus buenos días en las copas de los álamos. Escuchó el sonido de un animal que se arrastraba, un gato o tal vez un jabalí que estaba entre unos matorrales. Y luego emergió de ahí, primero las manos y luego los codos:

—Marhaban Alan… —se oyó apenas un susurro— Maarhabn Aalan…

Él contestó con un chiflido muy suave. Las manos y los codos se arrastraron por el matorral y un joven vestido de gris le dijo:

—Hay una patrulla rusa apenas al otro lado de aquella hilera de árboles —apuntó al norte—. Ahora sígueme. Se tiró al suelo y juntos se arrastraron como serpientes para salir de un paraje desierto. La maleza se volvió más densa y poco a poco se pusieron en pie y echaron a correr. Llegaron donde el camión los estaba esperando. Dmitry sacó la pistola de su satchel, en caso de que fueran emboscados. Hamid, que así se llamaba el flaco de gris, dio un chiflido y la puerta de atrás del camión se abrió. Un hombre con turbante estaba esperándolos.

—Maarhaban, Aalan. Marhaban, Aalan…

Los dejó entrar agazapados en la troca. Cuando se subió, dos puertas se abrieron en el piso del camión dejando ver un compartimiento secreto apenas más grande que un ropero. Dmitry se metió con dificultad. Mustafá estaba en la cabina y los apresuraba.

—Vamos, vamos, que no hay tiempo, ¡ahí vienen los militares!

Al cerrar las puertas del piso, Mitya tocó la puerta y abrió de nuevo. Era el camión del pan. El olor ahí era embrujante. Dmitry les arrebató una hogaza de pan de ajonjolí y cerró la puerta detrás de sí dando la primera mordida al manjar que les había arrebatado. De inmediato se pusieron en marcha rumbo a Bakú.

—Hamdel Alah —los hermanos de la cofradía Wahabbi ya lo tenían a salvo en su seno—. Hamdel Allah.

Eran las cuatro de la mañana. Había soportado los tres días más terribles de su vida y ahora se bamboleaba de lado a lado por la marea, estaba agotado. Mustafá lo había montado en el navío de un hermano llamado Muhammad. Era un beduino auténtico que había abandonado el desierto para dedicarse a ser pirata y mercenario. Navegaban los dos en las aguas del mar Caspio en un destartalado *dhow*. Un navío de diez metros de eslora, casco de aluminio, con un compartimiento secreto bajo la borda para cargar contrabando. Lo impulsaba un motor Evinrude fuera de borda de noventa caballos de fuerza pero a la vez era un velero. Portaba plegada una vela cuadrangular con un mástil flotante para navegar en silencio o ahorrar combustible. El navío era muy versátil, muy popular entre los piratas del siglo XXI. Muhammad sujetaba el timón bajo un techo de lona. Vestía un caftán que alguna vez fue blanco pero ahora era de un color ocre, brilloso por la grasa, el sudor y la llovizna. Se tapaba la cabeza con una pañoleta de cuadros blancos y negros enredada y sujeta en el cuello. La marea y un dolor de cabeza fue lo que hizo despertar de su pesado sueño a Dmitry; el pasajero temblaba de frío. El escape del motor de gasóleo y la pestilencia de unas sardinas que estaban bajo la borda le causaron un conato de vómito. El beduino fijaba su vista hacia la proa sin reparar en ningún otro detalle. Mitya escupió todo por encima de la borda y le asaltó la duda de que tan lejos estarían de la tierra firme. Una existencia marinera no era su elemento. En la oscuridad la marea batía el casco con violencia, los vientos procedían del suroeste. Sintió respeto por la fuerza inmesurable del mar. Trataba de refugiarse bajo una mampara de madera. Estaba enredado en unas velas y una cobija hecha con sacos de ixtle cosidos a mano pero no había cobija que fuera capaz de cubrir la enorme humanidad de Dmitry "Mitya" Bajanajan, quien era un hombre extremadamente corpulento; no en vano conocido por algunos como "La bestia". Sus pies sobresalían del cobertor. Tenía costras de sangre seca entre los dedos. Había huido a pie más de cuarenta kilómetros en una marcha forzada entre la maleza toda la noche, después de la batalla. De vez en cuando un ventarrón inclinaba el *dhow* muy duro hacia estribor y una lluvia marina le bañaba la cara. Podía sentirla en los labios secos, su barba mojada goteaba salmuera. Aun así, el paseo en bote era como la gloria comparado con la travesía que había hecho escondido dentro de la pequeña camioneta del pan. Se había sentido entonces peor que si estuviera dentro de un féretro, enterrado en vida. Ahora tenía los ojos en el firmamento, veía miríadas de estrellas y nubes, sentía la brisa del mar con su olor a peces, todo eso le daba en la madrugada una sensación de una gran libertad. Podía llenar sus pulmones plenamente. Le gritó al capitán:

—*Chto, kak daleko okt porta* (Oye, ¿qué tan lejos está el puerto?)

El beduino lo ignoró. Tenía una pipa encendida entre los dientes, le brillaba la barba húmeda y sus ojos estaban fijos en un arrecife espumoso que se encontraba al frente. Dmitry divisó de pronto luces en la costa. Se fueron acercando y cada vez tomaban dimensiones más inmensas. Era un castillo de luces relucientes que parecían espejos, como los reflectores de una feria, como si fuera un edificio de mil diamantes en la oscuridad del mar. Era un espectáculo digno de verse. Mitya le preguntó:

—Muhammad, ¿qué es eso, es Bakú?

El capitán seguía ensimismado sin responder. Mirando a las nubes, se podían divisar las constelaciones en esa noche tan clara. Las Pléyades, Hércules, Orión, salieron a mirar el trayecto de los marinos. Sintió mucho frío. La madrugada estaba arreciando con una brisa que le llegaba a los huesos. No podía encontrar posición alguna en la que pudiera descansar. Muhammad se dio vuelta y apuntó con el dedo a donde los castillos de luz.

—¡Neft daslari! —Le gritó—. ¿Qué es?

—Nef Daslari, el pozo de petróleo más grande y más viejo del mundo. La ciudad de las plataformas de petróleo.

El capitán se volvió de nuevo a la popa, ajustó el timón unos grados a babor y aceleró las revoluciones. El cansado armatoste tosió dos veces en la neblina de la madrugada y prosiguió hacia el sur apenas rozando las costas de Azerbaijan, alejándose de Bakú en su camino hacia Teherán. Eran dos insectos a la merced de la inmensidad del lago más grande de la Tierra; 40 grados al norte, 50 grados al este. Esa fue la medición que arrojó el compás del localizador global de Mitya.

El celular de Muhammad timbró mientras Mitya dormía profundamente. El sol del mediodía los azotaba sin misericordia. La vela desplegada hacia la proa temblaba suavemente; el Evinrude estaba dormido.

—*Shd qfnudg1,* —dijo el interlocutor— *wjbxgwefgbgghb.*

—Salaam aleikum —le contestó el capitán. Una breve conversación en arábico.

Mitya despertó y lo sorprendió la cercanía de la costa.

—¿Qué pasó, a dónde vamos?

Muhammad respondió.

—Cambiaron los planes. No se puede llegar a Teherán hoy. Nos detectaron los rusos. Hay un plan "B". Vamos a parar en Lahijian. Ahí nos van a hospedar. Nos viene a recoger un auto al muelle.

# 17
## Refugio

Mustafá le dio a Muhammad el nombre y dirección de un contacto donde podían encontrar refugio y allá se dirigieron nuestros marineros del mar Caspio a un palacete en Lahijian. El palacio tenía una barda de tres metros que dejaba ver las copas de las palmeras y nada más. Al llegar al portón sobre la entrada flotaba una cámara de televisión. Antes de tocar la puerta, la verja se abrió por sí sola.

Los esperaba un guardia de gran estatura que portaba un rifle; uniformado de blanco y con una boina roja. Tenía grandes bigotes estilo Káiser Wilhelm y una prominente nariz aguileña. Los hizo entrar de inmediato haciendo hincapié en la seriedad de la visita y en la sospecha que en cualquier momento alguien los pudiera descubrir. Muhammad habló unas palabras en arábico y otras en farsi con el guardia, en cualquier caso Mitya no entendió una palabra pues no hablaba ninguno de los dos idiomas.

El amo y señor de la casa, Mohamed Tagizadeh era un individuo de baja estatura, de cuerpo rotundo con una gran barriga donde acostumbraba descansar sus manos con los dedos entrelazados cuando se disponía a pronunciar un discurso o empezar una conversación importante. Se peinaba el pelo con vaselina. Todo peinado hacia atrás. Era obvio que se lo pintaba con *henna*, que le daba un color violáceo pero las raíces eran blancas. Cuando hablaba, tenía la costumbre de separarse de su interlocutor, establecer algo así como un perímetro que denotara el respeto que merecía su personalidad de una gran eminencia. La cara la tenía picada por la viruela. La nariz era un gran tubérculo, como una batata o un pepino. Su voz era gruesa y gutural y parecía emanar del fondo del ombligo de aquella barrigona. Entonaba sus oraciones con el ritmo de un clérigo, algún sermoneador de fama extraordinaria. De hecho era un doctor en medicina. Era un catedrático jubilado de la universidad de Teherán. Su mente habitaba en un paraje situado entre el Tigris y el Éufrates. Vivía en el pasado, se negaba a mirar la fecha del día de hoy. Su calendario se había detenido en 1970. Hablaba del Shah Reza Pahlavi como si apenas lo hubiera visto el día de ayer, como si no hubiera muerto. Sea como sea, de alguna forma, Mohamad había encontrado en Lahijian un sitio de reposo y tranquilidad para pasar su tercera edad rodeado de esposas y sirvientes. Acostumbraba a tener la mesa puesta, esperando visitas de altos dignatarios del Shah que por supuesto nunca se materializaban. Le interesaba mucho la historia y era versado en la poesía de Gibran Khalil Gibran. Recitaba de memoria largos pasajes del poeta así como páginas enteras del Corán para entretener a sus visitas o a sus propios sirvientes, según fuera el caso. Adentro había un paraje de amplio jardín, una vereda de piedra laja y, al final del empedrado, una fuente. Por allá dentro caminaba suavemente un pavo real. Al acercarse al frente de la casa, una dama de blanco les hizo señas que pasaran. Muhammad y Dmitry se miraron uno al otro, repararon en su aspecto tan desagradable después de tres días de navegación, se avergonzaban de entrar en esas condiciones.

Se abrió la puerta principal. Mohamed Tagizadeh salió y abrió los ojos enormemente al ver de cerca los más de dos metros de estatura y la corpulencia de Dmitry; un verdadero Goliat. Entraron a la estancia. Dmitry debió agacharse para atravesar el dintel.

Rompió el silencio el doctor. Primeramente se retiró varios pasos para tomar su distancia y en su voz muy grave e impresionante les dedicó un profundo "Saalam Aleikum".

En una salita de estar les sirvieron una bebida de té Chai, en vasos de porcelana. También un servicio de pistachos y dátiles como leve aperitivo.

Dmitry estaba en silencio. El doctor pronunciaba un gran discurso en *farsi* al cual Muhammad simplemente asentía con la cabeza, sin decir palabra. Declaró el doctor que siempre había querido hacer algo importante por la causa del Islam. De alguna manera en su mundo de fantasía estaba llevando a cabo una obra sagrada al salvar a ese supuesto mártir del *jihad,* a Dmitry. La dama de blanco los llamó a pasar a sus aposentos para que se asearan y usaran unas vestimentas limpias que les había preparado. Una vez aseados, pasaron al comedor. Los aguardaba una elegante mesa con aromas exóticos. La cena fue una delicia de manjares: arroz con almendras y pasas en paprika, cordero al horno, espadas de carne de novillo a las brasas, pan horneado en casa. La mesa tan abundante dejó satisfechos a los viajeros.

El doctor le dijo confidencialmente a Dmitry que era dueño de una compañía naviera.

—Te voy a mandar a Colombia en un buque petrolero. Así se acaban tus preocupaciones. Estoy seguro de que mis amigos de Medellín pueden apreciar a un guardaespaldas como tú. Tienen muchos negocios en América.

Al terminar la cena, el doctor despidió con mucha emoción a los visitantes. Les recitó sus *surat* favoritas del Corán a manera de bendición. Le entregó en secreto una bolsa de monedas de oro a Mitya para que sufragara sus necesidades en el camino. Luego hizo unas caravanas zalameras y les dijo adiós:

—Hamdel Allah, Hamdel Allah, Allahu Akbar.

# 18

## Vamos a Austin
## Olga y Raiza se encuentran

### Agosto, 2008

Los días que siguieron a la lección de tango fueron como un paraíso bendito. Los enamorados se prodigaban todo tipo de caricias en cualquier momento. Una idea se había anidado en su mente y no acertaba a concretarse. Esa idea nebulosa era el hecho de que David pensaba que Olga y él habían logrado un milagro maravilloso. Olga había abandonado todo en el mundo para buscar el amor de su vida y David, de la mano de Olga, había salido de un oscuro pozo de incertidumbres donde había vivido en silencio por varios años.

Era un hecho admirable, estaban los dos como Adán y Eva, pero aprisionados en el paraíso, prisioneros entre cuatro paredes sin intención alguna de escaparse. Una tarde cuando él regresó del trabajo David tomó asiento en el sofá y le contó a su pareja los pormenores cotidianos de ese martes. Olga encendió la música preferida de David y descalza comenzó a bailar sobre el tapete de la sala balanceando sus caderas con un ritmo sensual. Él estaba sentado en el sofá. Ella traía su pelo suelto recién lavado. Sus pestañas tan largas escondían los ojos semicerrados, le ofreció sus labios, le lanzó un beso. Los colores se le habían subido a las mejillas. David admiró el cuerpo tan sexy de Olga, sus curvas pronunciadas al bailar. Le pidió a señas que se acercara al sillón donde estaba sentado. Se acercó y lentamente le invadió su espacio personal. Se sentó sobre sus piernas. Le acarició la barba, lo tomó del mentón y lo besó. Atrevidamente le abrió los labios, le introdujo su lengua en la boca. Sintió de inmediato los brazos del hombre que la sujetaban fuertemente. Ella lo miró a los ojos, le dio un beso muy tierno y suave en los labios. David dio un gran suspiro y posó sus manos sobre los muslos de Olga que eran musculosos y a la vez de una piel tan suave como la seda. Se puso de pie y la tomó en un abrazo bajando sus manos hasta sujetarla firmemente de los glúteos y apretarla contra su cuerpo para que sintiera la dureza de su miembro que estaba listo para ella. El pulso de David se aceleró, sentía que le latía el corazón en los oídos. Olga lo empujó del pecho y lo tomó de la mano, pidiéndole que la siguiera a la habitación. David prendió la luz del baño y apagó la luz de la recámara, dejó el ambiente a media luz. Olga se recostó con su cabeza en la almohada. Él se acostó junto a ella y aspiró el aroma de su piel. Se besaron largamente uniendo sus cuerpos poco a poco. Se desvistieron y mirándose a los ojos de una manera voluntaria y de común acuerdo se unieron en armonía perfecta disfrutando de un placer inmenso, como dos ángeles caídos del cielo. Cayeron en un trance silencioso donde el único lenguaje eran los dulces quejidos de ella mientras él la penetraba y la poseía con fuerza y a la vez con gran dulzura. Le confesó sus sentimientos más profundos, le susurró al oído que la amaba con toda el alma. Después de la explosión del placer quedaron desfallecidos. Olga se volteó de lado y le tomó a David sus manos para que la abrazara.

—Tengo sueño, no me dejes sola…

Ella relajó completamente su cuerpo desnudo en los brazos de su amante, sin preocupación alguna. David la sujetó, le temblaban sus muslos. La abrazó como si fuera el tesoro más valioso del mundo. Escondió su nariz entre los rubios cabellos de su amada y olfateó en ellos la sal del aroma de mujer, un aroma exquisito, su embrujo.

Ese miércoles después del trabajo, David salió con sus compañeros a un bar local para hacer unos planes del vigésimo aniversario de la directora en su posición en esa escuela. La reunión entre pizzas y cervezas era para formar una comisión que estuviera a cargo del evento. En eso estaba cuando recibió un mensaje de Olga. David se alejó del grupo y escuchó la grabación de su adorada que decía:

—David, mi *sakharok*, ¿vamos a Austin? ¿Podemos ir? Por favor, me invitó Raiza. Tienen una reunión de compatriotas rusos, quieren que yo vaya. ¿Me llevas? ¡Por favor, mi corazón! Bien, te dejo en paz con tu importante reunión de negocios. Te quiero mucho, mil besos. Aquí te espero cuando llegues.

David se sonrió y volvió a la reunión pensando en ella. Su voz sonaba muy dulce y a la vez muy graciosa, como si hubiera bebido alcohol. Imposible decirle que no a Olga. Esa noche y el día siguiente no dejó de repetir lo del viaje a Austin. Eran solamente unas cuatro horas de distancia de Pasadena, rumbo al Noroeste. Comenzaron a hacer planes para el viaje. Los rusos se habían citado para una cena que sería después de la misa de las 06:00 de la tarde en San Vasily el Bendito, la iglesia ortodoxa de Austin, centro de reunión de los expatriados rusos.

Olga hizo las maletas, preparó unos sándwiches y ya lo estaba esperando sentada en la sala cuando David llegó temprano del trabajo. Se puso de pie y lo recibió con los brazos abiertos.

—Hola *sakharok* ¿Cómo te fue en tu trabajo? ¿Estás cansado? Ya estoy lista, vámonos.

David se dirigió de prisa al baño, se preparó por unos minutos y salió con una gran sonrisa, eran las 02:00 de la tarde.

—Listo *Ol'ya,* ¡vamos que se va el tren!

Se dirigió a la puerta cargando sus maletines. Pasaron los minutos y ya cruzaban la metrópoli, tomando la ruta 290 que los llevaría a Austin.

Raiza y Slim, su pareja, vivían en un suburbio muy pacífico. Ella trabajaba como asistente de enfermería en una clínica. Trabajaba largas horas pero así era su gusto: "trabajar duro y divertirse mucho." Era el dicho favorito de la rusa, copiado de los americanos.

Al llegar a la casa de Raiza, Olga se bajó corriendo del auto y fue un espectáculo cuando esas dos compatriotas se encontraron a media calle. Las dos gritaban jubilosas:

—¡Raiza Gavrilovna!

¡Olga Mikhailovna!

Se abrazaban, se besaban en las mejillas. Se separaron un poco, Raiza decía:

—Deja mirarte, mira nada más qué rusa más hermosa en que te has convertido pareces una modelo. Te dejaste crecer el pelo, te lo pintaste de rubio; ven acá. Y se daban un abrazo más y otros tres besos en las mejillas. El saludo era lo típico de los rusos que se conocían con familiaridad, usando el nombre propio y el patronímico, el derivado del nombre del padre. Su manera de dirigirse a personas de mucha confianza. Slim, el esposo de Raiza, era un hombre de raza negra, alto y delgado, tenía alrededor de cincuenta años. Había sido veterano de La Marina, caminaba con un paso un poco rengo como si se deslizara sobre su pie derecho. Slim era silencioso, no hablaba mucho, pero era amigable. Solamente comentaba en frases cortas. Sus ojos negros tenían los parpados caídos hacia los lados, una cara un poco triste. Tenía un mostacho de chubasco. Vestía con pantalones de mezclilla y una camiseta de color negro. Usaba zapatos de cuero con suela de hule, como lo usan los marinos. En su cuello colgaba un collar de oro con un ancla pesada y una piedra de color azul como un zafiro. Eran recuerdos de La Marina. Por otra parte, Raiza era una mujer de nariz abultada. Su cara marcada de cicatrices de varicela. Era muy hablantina, tenía una voz gruesa y no escatimaba en compartir sus opiniones. Su voz tan profunda y resonante era el producto de años de fumar cigarrillos. Parecía que hablaba dentro de una cueva.

Raiza los había recibido en el portal y les pidió que pasaran al interior. Slim tenía el televisor encendido; veía un partido de fútbol americano. Se puso de pie y le extendió la mano a David.

—Hola, ¿te ofrezco una cerveza?

Se la dio y se sentaron en el sillón juntos a ver el partido en la televisión. Las mujeres, por otra parte, se fueron de inmediato al dormitorio. Raiza y Olga iban hablando en ruso a una velocidad espeluznante. Prendieron la computadora y discutían algo acaloradamente. Sin saberlo David, Olga se quejaba con Raiza de que Boris no le devolvía las llamadas.

—Ten calma Olya —dijo la otra rusa—, Boris tiene su plato lleno, está en una situación muy delicada, no puede contestarte pero ya tiene lo que tú quieres, me lo ha dicho. Imagina, alguien lo amenazó de muerte. ¡Ofrecen un millón por su cabeza! Por eso Boris se vio obligado a pedir asilo político. Accedió a firmar como asesor de La CIA, pero lo tienen muy vigilado.

Mientras tanto, los hombres veían el partido de futbol. Raiza los llamó a la cocina para ofrecerles unos bocadillos, la ensaladilla rusa, papas picadas, zanahorias y chícharos en una base de mayonesa condimentada. Estaba sobre la mesa una botella de Pschenisnaya, el vodka favorito de los conocedores. Había también una caja llena de Pyrogi. Los bocadillos los había comprado de una amiga que tenía un negocio. "Natasha cocina rusa a domicilio". Eran platillos típicos y pan ruso auténtico. Devoraron los deliciosos platillos. Las rusas no paraban de hablar en su idioma. Dieron las 11:00 de la noche y David dijo que estaba cansado. Les insistieron que se acostaran a dormir ahí pero él replicó que ya había reservado en el Motel y se despidieron dando las gracias.

Se hospedaron cerca del distrito musical de Austin en un Motel 6. La habitación 113 daba el frente al acceso del periférico de la autopista I-35. Bajaron su equipaje. Olga se fue a la oficina a usar la computadora del motel. David sacó sus cápsulas de la guantera del auto, se las tomó y se acostó a dormir. Era pasada la medianoche. Se quedó dormido al instante.

Por la mañana él estaba todavía cansado del día anterior. Abrió un ojo y vio que Olga salía del baño enredada en una toalla con el pelo mojado. Se volteó para el otro lado mientras ella se vestía. Ella salió del cuarto, cerró la puerta y lo dejó solo diciendo, "Voy a la oficina." Más tarde Olga volvió y entró de prisa:

—Vamos David, ya levanta, tengo hambre. David recobró la conciencia por completo cuando el agua caliente le pegó en la cara. Se duchó de prisa y la llevó a desayunar. Olga comentó que había aprendido algunas cosas que se podían hacer en Austin, al usar la computadora del hotel esa mañana. El cielo era de un azul límpido. Solamente unas cuantas nubes se asomaban al firmamento. Hicieron una visita al Capitolio del estado de Texas. Olga se quedó impresionada con el elegante edificio histórico, las ardillas jugueteaban en el pasto de los hermosos jardines.

# 19

## San Vasily el Bendito
## Amenaza de muerte para Boris Rostov

### Agosto, 2008

Descansaron en el hotel la sobremesa del almuerzo y se dispusieron a asistir al evento de las 6:00 p. m. en la Iglesia ortodoxa de San Vasily el Bendito. Era el punto de reunión de los ex patriados rusos de la localidad. Estaba decorada la cúpula un poco al estilo de la catedral de Moscú, con colores rojos y verdes en patrones espirales. El festival ya había dado comienzo. Tuvieron dificultad para encontrar estacionamiento y al fin entraron al recinto. Al pasar por el interior de la iglesia vieron una inmensa fotografía de un templo con siete torres blancas y tres domos dorados. David hizo un alto y le preguntó a Olga que si era San Vasily el Bendito.

—No —le dijo ella—, es El Cristo Redentor, la que está a las orillas del río Moskba.

Los fieles se arrodillaban en un pequeño altar en la parte trasera de la nave principal donde un lector sentado en el suelo con un pequeño micrófono oraba con el público. Se escuchaba su voz gangosa y rítmica que decía:

"Bienaventurados los pobres de espíritu, porque de ellos será el reino de los cielos, bienaventurados los mansos, porque ellos poseerán la tierra, bienaventurados los que tienen hambre y sed de justicia porque ellos serán saciados…"

El festival estaba en su apogeo. Salieron al jardín por la puerta de la sacristía en donde mucha gente ya estaba reunida alrededor del pastor, un clérigo barbón de lentes con un tocado de tres picos y una sotana negra. El jardín tenía setos y mesas de picnic donde ya se colocaban viandas.

Mientras le presentaban a David a varios hombres rusos, las mujeres hicieron un breve recorrido hacia donde estaban los preparativos, los ingredientes en unas mesas. David creyó reconocer a un barbudo pelirrojo. No estaba seguro pero sospechaba que lo había visto en la página aquella de la computadora que visitaba Olga.

Minutos más tarde Raiza se lo presentó:

—Mira David, te presento a Boris Rostov, el presidente del grupo. Era el hombre más aplomado y corpulento de todos. Le llamaban "Vova", pero se daba a conocer por Boris en América. Su nombre de pila era Vladimir Vladimirovich Glazunov.

El pelirrojo era un inmenso fortachón con manos como garras. Al estrecharle la mano casi le quiebra los dedos y se despidió al instante siguiendo a otros rusos que lo buscaban.

David se quedó con varios rusos, entonces uno de ellos lo llevó a ver cómo se preparaba la carne cruda.

—Te voy a mostrar cómo se prepara la carne asada al estilo ruso —le dijo en un mal inglés y con señas—. Se pone desde el día anterior a curar en kéfir. ¿Sabes lo que es el kéfir?

David confesó que no lo sabía y se dispuso a escuchar la disertación entera.

A lo lejos, veía como Boris Rostov saludaba a Olga efusivamente. Le daba sus tres abrazos y luego le enroscaba un brazo por la cintura diciéndole algo al oído. Lo que le pasó desapercibido fue que al saludarla, Boris le puso en la mano a Olga una pequeña nota con un nombre y una dirección. Ella la tomó y se la guardó rápidamente dentro del corpiño. En eso Raiza se acercó con ellos y empezaron una conversación muy animada con muchos ademanes. También notó David a una mujer delgada que vestía una larga túnica color azul turquesa. La mujer tenía lentes y pelo largo canoso.

David trató de acercarse donde estaba Olga para averiguar de qué hablaba con Boris pero de nuevo el ruso lo tomó del brazo y lo arrastró otra vez a la mesa donde el cocinero sacaba el puerco del tazón lleno de kéfir y condimentos.

Mientras tanto, Olga seguía atenta a lo que decía el pelirrojo Boris, pero no pudieron conversar de manera directa.

Si David hubiese hablado ruso habría entendido lo que Raiza le decía al oído a Olga: "Me dijo Boris que era preciso verte en persona. Le tienen intervenido el teléfono ¿entiendes? Está bajo una estrecha vigilancia."

Contra su voluntad, David observó cada detalle de cómo se preparan las agujas de carne de puerco antes de colocarlas sobre el fuego. El humo le irritaba los ojos y la carne asada ya empezaba a cocerse. El olor a carne al calor de las brasas era intenso.

David continuaba volteando a ver a Olga y apenas la podía ver en medio del grupo donde estaba Boris Rostov. No podía distinguir bien a un individuo que al parecer la tenía abrazada y sólo veía el color azul turquesa del vestido de la mujer delgada. Era una mujer americana, de nombre Elena... o algo así, pues Olga no había captado bien el nombre y apellido de la dama.

Era una esbelta mujer. Había sido *attaché* de la embajada canadiense en Moscú. Daba la impresión de ser una mujer excéntrica, con un poco de estilo *hippie*. Su pelo, como ya se dijo, era largo y canoso, lentes atados al cuello con un largo collar de piedras brillantes y una túnica llamativa de un color azul casi morado.

Fue entonces que la tal Elena le preguntó a Boris acerca de varias cosas relacionadas con Rusia, de su historia, la música y la literatura. Ella parecía tener gran curiosidad en asuntos políticos. Boris no le contestó al principio, pero como la *hippie* era insistente, no tuvo más alternativa que atenderla. Al inicio, dio la impresión de que Boris le contestó para dar por terminada una conversación que para él estaba llena de tema trillados.

Boris empezó a hablar. Su monólogo trastabillaba sin rumbo, habló del kéfir, del pan negro y luego hizo un alto en Moscú, durante el golpe de estado de agosto de 1991. Hizo un breve comentario: "Yeltsin era un ruso del pueblo, no fue entrenado ni educado ni criado para ser el Czar. Podemos suponer que en su niñez como otros rusos, sus tres valores más grandes eran Cristo, el Czar y Rossya, la madre patria. Pero en 1991, al Czar lo habían asesinado, Cristo estaba de rodillas y la madre Rossya estaba en manos de Yeltsin, desmoronándose a pedazos". Se refería a que Yeltsin fue incapaz de resolver este dilema. Se refugió en la botella y dejó el futuro del país en manos de su cúpula del Kremlin. Una banda de manipuladores con intereses creados predominantemente ex militares soviéticos. Eran ellos, en grupo, los que gobernaban el país. Luego Boris apuntó que a través de los siglos Rusia, como cultura, había sido capaz de controlar la mayoría de los demonios que la acosaban. Lo definió todo diciendo que la vida se vive en abonos: "Hay muchos capítulos, ¿no es cierto? Vea usted a Rusia: lo más importante que se debe de comprender es que para ser ruso, uno debe aprender a sufrir en silencio, aprender a soportar cualquier sufrimiento con la boca cerrada como lo hacen los demás, y después triunfar. Eso es lo que significa ser un ruso de verdad".

La mujer le preguntó:

—Boris, ¿a qué demonios se refiere, no a los demonios del infierno? ¿No a Lucifer, ¿verdad?

Boris se puso rojo y contestó que no, luego explicó: "Primero estuvieron los zares y las cortes y todos fueron arrasados. Luego llegaron los bolcheviques y derramaron harta sangre entre hermanos, y apenas al encontrar el balance de la paz, vino Hitler, quien quería esclavizar al mundo entero y matar a todo el que se le opusiera. No olvide usted Elena que fueron soldados rusos los que tomaron por la fuerza el bunker del Führer en Berlín. Luego el péndulo de los soviéticos azotó con fuerza y nació el reino de Stalin, el de la crueldad sin límite contra sus propios compatriotas. Fue su propia "guerra fría", porque la dirimió en Siberia, allá congeló a los disidentes de la opinión pública. Pero todo cambió, Gorbachev y el ebrio de Yeltsin hacen su acto de presencia y nace la "Perestroika", libertad de expresión a estilo ruso. Las puertas de Rusia se abren al mundo y los primeros en comerse todas sus entrañas son los perros de la oligarquía que se empachan de ganar dinero con sobornos y balazos. Hoy la nueva Rusia está obsesionada con el propósito de reinventarse a sí misma. Escribir su historia a partir de una hoja en blanco. Por supuesto que muchos especuladores se aprovecharon de la apertura y se llenaron los bolsillos de rublos. Era imposible evitarlo, aunque las masas pasaran hambres la oligarquía es la que manda. Pero esto no se ha terminado, "La madre Rossya" no está terminada, no está pulida. Es una obra en estado dinámico de maduración. Así es. Y le digo algo más Elena: eso es lo que somos todos los humanos. Somos un proyecto incompleto, cada quien en su propia esfera, viviendo la vida en abonos…".

Ese fue el discurso de Boris. Elena la curiosa, la mujer del vestido azul se quedó en paz al oír la explicación.

Boris quería tocar otros temas en privado con Olga, pero las circunstancias se lo impidieron.

Fue Raiza quien, al ver que Boris no lo hizo, le aclaró, entre otras cosas, la situación al oído a Olga. Le explicó que Boris estaba seguro de que esa tal Elena en su disfraz de oveja era en realidad una espía, tratando de indagar qué estaba tramando Boris con todas las llamadas y mensajes de texto en clave que había detectado el FBI. O tal vez era una agente doble enviada por Rusia. Corría el rumor que ya alguien le había puesto precio a la cabeza de Boris.

Fue en ese momento que el sacerdote los llamó a todos a comer. El padre dio su bendición a los alimentos y la cena dio comienzo. Efectivamente, el asado de puerco en kéfir estaba delicioso.

"Sasha", el sacerdote ortodoxo, cuyo nombre era Aleksandr, y otros expatriados rusos se acompañaban en la misma mesa bajo los álamos del jardín.

Entre ellos estaba Boris, alias "El Genio". Cuando militaba en las filas de la FSB le llamaban así porque el hombre poseía un certificado en Química. "Vova" había inventado la forma más sencilla de elaborar compuestos letales, como el "sarin" y la "ricina". Armas secretas tan potentes que un solo gramo podía causar la muerte a cualquier desafortunado que tuviera contacto con el compuesto.

A la sombra de un álamo Boris masticaba a gusto un trozo de puerco en Kéfir cuando su celular dio un campanazo. Consultó la carátula, era una llamada proveniente de Ontario, Canadá. Frunció el ceño al tiempo que su rostro mostraba incertidumbre. Sasha, el cura, lo miró a la cara de reojo. Boris palidecía mientras el celular seguía timbrando. Empujó el plato y se levantó de la mesa dando unos pasos rumbo a la poza de un árbol cercano al asador. Recargó un brazo en el tronco del olmo, apretó el botón y dijo, 'Alo…'. 'Alo…' por segunda vez. Una respiración se presentía en el auricular sin respuesta alguna.

Un instante después una voz casi electrónica anunció: "—Vova, tengo un mensaje para ti."

"—¿Quién eres hijo de perra? ¿Quién te dio mi número?"

El mensaje grabado en ruso dio inicio con la frase:

«Escucha, "Genio"», y se vertió en los oídos de "Vova" en cuestión de segundos. Era una voz gruesa y monstruosa que recitó el texto amenazador a gritos. Se cortó la llamada. El ruso pelirrojo se puso blanco de coraje y estrelló el celular en el suelo. Los amigos de la mesa miraban la escena sorprendidos por la reacción airada del habitualmente frío e impávido Boris.

El ruso recogió de la tierra el aparato y lo llevó a donde el asador todavía estaba prendido. Lo soltó sobre el concreto y lo aplastó con el tacón de la bota hasta destrozarlo. Recogió los restos y los arrojó al carbón ardiente. Se dio vuelta y le dijo al sacerdote,

—Ya me voy Sasha, disculpa. Se me quitó el hambre.

—¿Qué pasa "Vova" ?, le preguntaron los otros.

—Nada, malas noticias, ¡gente de mierda! Nos vemos.

Levantó de la silla su mochila, dio media vuelta y se despidió con un ademán. En el camino hizo un alto donde Olga y Raiza conversaban. Le dio un beso a Raiza en la mejilla y le dijo algo breve al oído a Olga. Despareció en un instante por la puerta del templo.

Si acaso hubiera en el jardín una mosca que entendiera ruso y que pudiera escuchar lo que escuchó Boris, hubiera oído esto:

"¿Dónde está Ibragim, "Genio", ese bastardo traidor?

¿Dime dónde lo escondes? No tiene escapatoria. La sangre de Katthab reclama su venganza, ¡Allah es grande!. Le vamos a meter un cartucho de dinamita por el trasero y lo vamos a reventar, ¿me escuchas? Y a ti también, ¡Boom! Allah es el todopoderoso"

Era una voz grave y llena de odio, con acento checheno. Boris reconoció de inmediato el timbre del nuevo Shamil.

Así pasó la tarde y, finalmente, Olga, Raiza y David abandonaron el jardín. Después de tomar los refrigerios pasaron de nuevo por la nave principal y aún estaba el sermoneador leyendo a los creyentes en su mayoría mujeres cubiertas con pañoletas negras con las manos juntas en el pecho y la cabeza agachada. Resonaba la voz adormecedora del lector:

"Más tú, Jehová, eres un escudo alrededor de mí; eres mi gloria, el que levanta mi cabeza."

# 20

## Anillo de compromiso
## Amenaza de muerte para Raiza

### Agosto, 2008

Esa misma noche del día del Festival de San Vasily, las dos parejas, Raiza y Slim, y Olga y David salieron a bailar. Raiza los recogió en el hotel. Pasaron frente a un edificio con una cruz azul de luz neón, cerca de la calle Lamar y 34. "Aquí está mi trabajo", dijo ella. Era un centro quirúrgico llamado Bailey Square, un edificio muy alumbrado y moderno. 'Este es mi "tormento" —dijo la rusa—. Aquí me encuentras de lunes a sábado, desde las 06:00 de la mañana. Ganando el pan con el sudor de mi frente.' Les dio un paseo por el centro y se dirigió a un club nocturno. El bar del club "Antoine's" estaba localizado al fondo del club. El edificio era como una bodega cúbica muy grande. Había mucha concurrencia, el ambiente era ruidoso y lleno de humo. David estaba sentado en un sofá moderno de piel recargado hasta en el respaldo. Estaban en una sala de estar localizada contra la pared de atrás del club.

Raiza estaba discutiendo con Slim:

—Yo no sé por qué te pones así Slim, tan fastidioso y grosero. Cuando tomas, no te puedo aguantar. Te he advertido que no me gusta ese hombre al que ahora frecuentas. Tiene tipo de ser un bribón, vas a terminar en la cárcel.

—Pero Luther es mi amigo baby, respondio Slim.

—No hay más amigo que un rublo en tu bolsa! Le contestó ella airada.

Le hablaba sin verlo a la cara, veía al infinito y daba una chupada desesperada a su Marlborough, meneaba la cabeza de fastidio. Su pareja no le contestaba nada. Slim estaba sentado hacia la derecha de David, sorbiendo lentamente de su cerveza, una Shiner. David se sentía un poco mareado. Habían estado brindando con tragos de vodka. Olga se puso de pie y dijo:

—Voy al baño Raiza. ¿Me acompañas? Ya no aguanto. Movía las piernas juntando las rodillas y se sonrió. Raiza, le dijo:

—Ve tú, yo te alcanzo.

Olga se adelantó caminando de prisa, meneando sus caderas entre los parroquianos esparcidos. Algunos bailaban, otros disfrutaban en grupo de la música, que era excelente. David miró absorto a Olga a lo lejos con su caminar tan decidido con ritmo seductor. Raiza le dijo:

—La quieres, ¿no es cierto? ¿A Olga?

David dio un suspiro y se sorprendió de su propia respuesta.

—Sí, la quiero mucho.

Raiza apuntó:

—Está un poco loca.

David sonrió.

—Ya lo sé, pero así me gusta.

—Tú eres un buen hombre para ella, se ven felices cuando están juntos. Ella también te quiere, ¿lo sabías?

—Creo que sí.

Slim se acercó a dar un beso a su pareja.

—Raiza, no te enojes *baby*, no seas renegona…

Ella se volteó de lado, le ofreció la mejilla diciendo.

—No me tienes muy contenta Slimmy, eres fastidioso, no escuchas mis consejos, me vuelves loca.

Lo reñía enfrente de quien fuera, no le importaba la concurrencia. Olga regresó a donde el grupo e insinuó sus curvas donde estaba David. Se sentó muy cerca de él y lo abrazó. Cruzó la pierna sobre de él y le acercó su busto. La blusa muy ligera revelaba sus encantos.

—¿Qué te pasa mi *Olya?*

—Nada, estoy borracha… Y muy feliz.

Olga tomó en sus manos la cara de David y le plantó un beso en los labios. Luego le dijo al oído:

—Vamos al hotel, quiero besarte mucho.

David volteó a donde Slim y Raiza quienes guardaban silencio. Habían dejado de reñir, estaban tomados de la mano. Justo en eso, la voz de Thornetta partió el cuarto en dos, con un grito melódico:

"No, no, no, no le pongan lápida a mi tumba…" Un tema *country* que ella había hecho famoso en estilo de *blues*. Olga se asustó con el grito y no acertaba entender la letra de la canción.

¿Qué dice?

Thornetta Davis, que así era su apellido era una escultura de ébano de voz muy gruesa y pelo ensortijado. Hacía temblar el edificio con su melodía tan penetrante y conmovedora. David se puso de pie y tomó a Olga de la mano.

—Ven acá cariño. Ahora te explico. Esta canción me encanta. Vamos a bailar.

Los dos se subieron a la pista y entrelazaron sus cuerpos al ritmo de la melodía embrujadora de la cantante. Parecía que lloraba en vez de cantar. Olga recargó su cabeza en el pecho de David y se movieron dulcemente al ritmo del saxofón y la guitarra. Escuchaban la voz: "No pongan lápida en mi tumba, toda mi vida he sido una esclava y estoy cansada, prefiero que me recuesten y me dejen dormir, déjenme en paz… solo quiero descansar… no pongan lápida en mi tumba… díganle a mamá que no me llore… díganle que ahí nos vemos de vez en cuando… por favor no le pongan lápida a mi tumba".

David le explicaba a Olga lo que decía la canción. Ella estaba con los ojos cerrados y recargada en el pecho de su amante.

—Me gusta canción, gusta mucho —respondió.

Al compás de la música, con sus muslos entrelazados en los de ella, meciéndola en sus brazos, David sintió que nunca en su vida había conocido un momento más feliz. Le invadió una sensación de ternura y emoción. Se había encontrado con su otra mitad. Sintió un amor muy profundo por ella. Paró de bailar y sacó del bolsillo de su pantalón un anillo. Era una sortija de brillante, un solitario modesto pero reluciente. Olga abrió los ojos con asombro. David se hincó en una rodilla.

—Cásate conmigo Olga. Te quiero mucho. ¡Hazme el hombre más feliz del mundo!

Las otras parejas se dieron cuenta de lo que estaba pasando y comenzaron a aplaudir y a gritar. David estaba suplicante en una rodilla, sujetaba en sus manos los dedos de Olga y el anillo. La cantante le dio ánimos en el micrófono.

¡Dile que si *baby*, dile que sí!

Olga le sonrió a David y le ayudó a colocar el anillo en su anular. Le ofreció los brazos:

—Sí mi amor... me caso contigo, ven aquí.

Se dieron un beso tan largo que las parejas de alrededor formaron un círculo y aplaudían con fuerza al presenciar el momento privado y a la vez tan público. Los enamorados no dejaban de besarse y sonreír. La cantante gritó de júbilo y comenzó de nuevo otra canción. Cuando llegaron a la mesa, los felicitaron Raiza y Slim. Casi enseguida se despidieron.

—Ya nos vamos. Raiza protestó.

—Es muy temprano, vamos a tomarnos una copa más.

Les ofreció las copas y los cuatro hicieron un brindis con el Pfennishsnaya.

—Por Olga y David, por el amor eterno.

En el taxi David le explicó:

—Ya no necesitarás visa mi amor, ahora vas a estar casada conmigo, te vas a volver ciudadana americana. Olga lo miró conmovida, con una sonrisa en los labios y una lágrima en los ojos. Estaban abrazados en el asiento trasero, enredados uno en el otro. Olga insistía un poco ebria:

—Qué bonita esa canción, la de la esclava, me gustó mucho.

Llegaron al hotel, pagó el taxi y entraron al cuarto 113.

———◦◦◦———

El fin de semana después del festival de San Vasily, Raiza regresó exhausta del trabajo. Por la noche bebieron demasiado Slim y ella. Por la mañana, en su bata casera de color azul y sus pantuflas rosas, Raiza salió arrastrando los pies a recoger el periódico, era una mañana soleada y fresca. Abrió el buzón y encontró una mezcla de catálogos de moda y demás correspondencia: un recibo de teléfono, una carta con membrete del Departamento Federal de Justicia y un sobre manuscrito dirigido a "Raiza Gavrilovna Tchichikov". El remitente estaba escrito así:

Robert Jordan
1600 Pennsylvania Ave. Washington, DC
20500

Le pareció un tanto extraño, ella no tenía conocidos en Washington. Al pasar por la sala su mirada estaba fija en la carta. Slim estaba sentado en el sofá viendo el resumen semanal del futbol americano. Automáticamente Raiza tomó la cajetilla de cigarros y el encendedor y se dirigió al baño. Cerró la puerta y encendió un cigarrillo. Le dio dos fumadas y lentamente se bajó la ropa interior tomando asiento en la poltrona. Tenía la carta en sus manos, con la uña rompió el sobre. Justo entonces comenzó a sudar… debía haber sido más cuidadosa, hay cartas que matan. Las manos le temblaban, le dio una husmeada al sobre y no tenía olor a nada. "Qué diablos es esto, quién es este Jordan…?" Desdobló las dos hojas y estaban escritas en alfabeto cirílico. La primera página era un saludo:

"Привет, старушка" (¡Hola vieja amiga!). Leyó la segunda página que rezaba:

"¡Gavrilovna ramera del diablo! No te metas en lo que no te importa. En América no tienes a nadie que te proteja y en "la madre Rossya" dejaste muchos enemigos. Cierra el hocico, atiende lo tuyo y cuídate las espaldas. Aunque no lo creas, te estamos observando.

Shamil"

"¡Dios mío!". Se le cayó la carta de las manos, el temblor de todo su cuerpo era incontrolable. Una fina capa de sudor le cubrió la frente. Súbitamente, sin poderlos controlar, sus intestinos se vaciaron estrepitosamente en el retrete. Una sensación de profunda debilidad la invadió y permaneció sentada, dio un gran suspiro. Cerró su puño hasta hacer de los papeles una bolita arrugada, la lanzó al inodoro y apretó la manivela. Entre la orina y las heces la amenaza por escrito desapareció.

Fue a la cocina a servirse un vaso de agua y escuchó la voz de Slim:

—¿Estás bien cariño? Te ves pálida.

—Estoy agotada, voy a descansar.

Entró a la recámara y cerró la puerta y se recostó. Minutos más tarde Raiza decidió comunicarse con Boris. El correo electrónico era breve:

"Me urge verte hoy para hablar de algo Boris. Acude al "Stubbs Barbecue" a las seis de la tarde. Ahí te espero, por favor. Raiza."

Por la tarde los dos estaban sentados en el bar del afamado restaurante de Austin.

—¿Qué te traes entre manos mujer ?

Ya habían espulgado la concurrencia y no descubrieron a nadie sospechoso o conocido. Estaban en una mesa de sillas altas al fondo del bar. La televisión estaba a todo volumen. Los Vaqueros de Dallas estaban jugando. Los parroquianos comentaban el partido bulliciosamente.

Ella le participó lo de la carta,

—Y qué dice, muéstramela.

Se sonrojó al pensar que la carta ya circulaba por ahí en el drenaje de la ciudad.

—La tiré al excusado

—¡Mierda!, ¿quién la firmaba ?

—Venía de un tal Peter Johnson, de Washington, una calle de Pennsylvania… se me nublaron los detalles. Pero la firmaba Shamil, por eso me asusté mucho.

—¿Pennsylvania, 1600, Pennsylvania?

—¡Sí ésa es!

—¡Demonios! Estos cerdos fingen tener sentido del humor. Es la dirección de la Casa Blanca mujer. ¡Se están riendo de ti! ¿Qué decía la carta?

—Estaba llena de insultos, no me bajaban de prostituta. Pero el mensaje era que no me metiera en sus asuntos, que me estaban espiando. Eso era todo.

Boris tomó un trago grande de su cerveza y suspiró. Luego añadió,

—En primer lugar no abras nada que te llegue por correo, sabes bien que es muy peligroso. Si algo te llega, ponte una máscara, usa guantes y métalo en una bolsa de hule para que me lo entregues a mí primero. Las apariencias engañan, aunque parezca que estamos a miles de kilómetros de Grozny y de Moscú, es mentira. El día de hoy el mundo se ha convertido en un barrio muy pequeño. Pasaste un susto muy gordo "Crapujinha" (vieja amiga). Qué suerte que viviste para contarlo, tienes que ser más cuidadosa. Por lo pronto cambia el número de tu teléfonos, cancela tu correo electrónico y voy a investigar entre mis contactos a ver quién es ese "Shamil". ¿Qué noticias hay de Oly'a ?

—No he oído nada, pero ella sabe cuidarse sola. De seguro que ya llegó a donde estaba el objetivo.

—Tienes razón, dijo Boris. Ahora la jugada es que cada quien se cuide a sí mismo. Más vale dar esto por terminado. ¿Tienes un arma?

—Slim tiene un revólver.

—Te sirve de algo, tenlo a la mano.

Cruzaron la calle juntos hacia el estacionamiento mirando a ambos lados. El sol se estaba metiendo, las calles tenían olor a mofle, era hora del tránsito. Boris puso sus brazos como un oso sobre los hombros de Raiza y le dio un fuerte abrazo mientras le decía al oído, 'Todo va a salir bien. Ten cuidado no contestes el teléfono y mantén la boca cerrada. El sábado te veo en San Vasily, paka, paka (hasta luego)'

—Mil gracias "Borenka" le dijo ella y se apartaron. Raiza encendió el Subaru y se fue a casa.

# 21

## Abandonado
## La realidad sacude a David

### Agosto 2008

A David lo despertó en el motel un infernal chillido. Abrió los ojos sobresaltado. Era la alarma de un reloj despertador en el cuarto contiguo. En la oscuridad deslizó su mano buscando a tientas a Olga, pero no estaba en la cama. Se levantó al baño y estaba vacío. Volteó la mirada al buró, una luz neón anunciaba la hora, 05:32. Para su sorpresa, Olga, sus enseres, los cosméticos, la ropa, todo había desaparecido. Se sentó desconcertado en el borde del lecho. El cuarto le daba vueltas. Su prometida se había esfumado sin decir palabra. David se puso los anteojos y encendió la luz. Notó también que faltaba su billetera sobre la mesita de noche. Estaba solamente el celular. Con temor se acercó a la ventana y corrió la cortina. Confirmó una negra sospecha.

—¡Dios mío, no está el auto! ¡Me ha dejado a pie! Le vino a la mente que tal vez los rusos de San Vasily... Ese Boris y los otros, la habían tomado por la fuerza. David trató de reconstruir en su memoria la noche anterior. Era una escena envuelta en la neblina del vodka. Al entrar al motel recordaba haberse desplomado con los ojos cerrados en la cama. El cuarto se bamboleaba como si fuera un camarote en alta mar.

Vagamente recordaba que Olga lo mordía suavemente en el lóbulo de la oreja, mientras él le decía: "*Oly'a*, Olguita estoy mareado dame un momento para recuperarme", le rogaba, "por favor". Ella hacía caso omiso. Le tomaba las dos manos y se las estiraba hacia el respaldo de la cama. David sentía los labios ardientes de su prometida en el cuello y un ligero piquete en su mano derecha. Era el anillo de compromiso en el anular de ella. Recordaba también que Olga le desabrochaba el cinturón. Inútil tratar de resistirla. Suspiraba profundamente y se abandonaba a la pasión del momento. Olga le decía dulcemente: "No seas tonto *sakharok*, mi cubito de azúcar, bésame.

¿Qué esperas?", mientras sollozaba y lo abrazaba con ternura. Lo empujaba hacia atrás y se montaba encima de él extendiendo su falda sobre la cama. "¿Qué es ésta cosa dura que tienes aquí en frente papi, una pistola?". "No seas tonta linda, es mi celular, se le acabó la pila. Los dos soltaban una carcajada. Ella ponía el teléfono sobre la mesita de noche y desnudaba lentamente a su amante. La rusa le hacía el amor con inusitada ternura. David se dejaba querer. Mientras lo estrechaba entre sus brazos, entre sollozos, la enamorada le confesaba sus deseos de tener una boda muy hermosa. Una ceremonia junto al mar, en la playa. Con todos los invitados y el novio vestidos de blanco, descalzos; deseaba portar sobre su sien un arreglo floral, un tocado de magnolias y jazmines, un vestido de lino, ligero y transparente. Le confesaba que era su sueño dorado, casarse con él así. Después mientras David se sumía en un profundo sueño, Olga estaba en la ducha, corría el agua de la regadera, ella tarareaba la canción que le había encantada en el club: "No pongan lápida en mi tumba...".

Ahora que Olga había desaparecido David miraba por la ventana pidiendo a Dios con toda el alma que volviera sana y salva. El sol ya se vislumbraba entre las nubes. Tenía dolor de cabeza. Sintió temor por la falta de sus medicinas que estaban en la guantera del Toyota. Le quedaba claro que el exceso de alcohol y la falta de medicamento lo ponía al borde de un ataque. Eran las 06:40 cuando decidió salir del cuarto y atoró la puerta semi abierta con una revista. Se dirigió a la recepción.

Un fuerte viento agitaba los árboles, el cielo estaba negro y con rayos. La lluvia le mojó la cara, el olor a tierra mojada lo despertó. Abrió la puerta y entró a la recepción. En el modesto cuarto había una máquina de sodas y una cafetera. El mostrador estaba vacío. David dijo "Hola" en voz alta y le dio un golpecito a la campanita. Pasaron diez segundos...

¡Un momento!

Fue la exasperada respuesta de una ronca voz que emanó de detrás del espejo. El encargado apareció. Era un hombre obeso de unos treinta años de edad, cara muy ancha, cabellera negra, despeinada, ojos negros, dientes amarillos.

—¿Qué se le ofrece?

David le explicó su delicada situación, sin llave del cuarto, la ausencia inexplicable de su prometida, el auto desaparecido... Le preguntó directamente si acaso la había visto.

—¿Qué si la vi? —le respondió—. ¿Quién va a olvidar a esa rubia tan guapa, la del vestido azul? Claro que la vi.

—Es mi prometida. Aclaró David en un ataque de celos. ¿No se acuerda de mí? Nos registramos hace dos días.

—¿Lo abandonó la rubia?

Dijo el dependiente con una sonrisa burlona. David asintió con la cabeza y le espetó.

—¿Qué sabe de ella? ¿A qué hora se fue?

El greñudo apretó el ceño tratando de recordar.

—No lo sé... Me tocó la campana y me pidió permiso para usar la computadora. Me pareció algo extraño, la hora y su aspecto. Apareció vestida de falda corta como una modelo, guapísima, ¡a las 04:30 de la mañana!

David se ofendió por los comentarios tan fuera de lugar del empleado y le dijo.

—Ya está bien, dígame que dijo, ¿a dónde se fue?

—No estoy seguro—respondió. —Sólo me pidió la contraseña de la computadora. Yo le expliqué que no había contraseña. El servicio es abierto y gratuito para nuestros huéspedes. Ahí en el "Centro Ejecutivo". El hombre apuntó con el índice a un rincón del cuarto. Ahí se encontraban una silla destartalada y un escritorio viejo, difícilmente merecedores del mote de "Centro Ejecutivo". En cualquier caso, así lo llamaba el hombre.

—Ahí se sentó la rubia, usó la computadora unos quince minutos y se dispuso a salir. Me preguntó por la manera más directa de abordar la autopista 35.

David sintió un dolor en el pecho al ver que su teoría rodaba por el suelo; no había un tal secuestro, no daban señal de vida los rusos de barba que la habían arrastrado con las muñecas esposadas, como él imaginaba. Olga, su amiga, su amante, su prometida, se había dado a la fuga robándole el auto y la billetera, vestida como artista de cine. Al menos así lo aseveraba el encargado de la recepción. David sintió una nube negra que lo cubrió totalmente. Bajó la mirada y le pidió al recepcionista un duplicado de la llave. "Por favor, cuarto 113".

Mientras el encargado atendía su petición, David se metió en la computadora y abrió las páginas recientemente visitadas. Ahí estaba. Una visita al sitio de los mapas de "MapQuest". Una búsqueda por las montañas de Texas, el poblado de Jasper. Se puso de pie y dijo en voz alta:

—¡La 35! ¿No estamos en la 35?

—Así es —respondió de inmediato el encargado—. Es lo que le dije a la rubia de azul. Aquí cruzando la calle puede abordar la 35, guapa. ¿A qué rumbo se dirige? —le pregunté.

"—Voy a Jasper."

"—Yo no sé dónde está Jasper, no tengo la menor idea, pero la computadora le indicaba que se dirigiera hacia el Sur. Tenga cuidado, le dije, el hotel está sobre la vía Norte, es el 5330 Norte, para ser exactos. Le indiqué que cruzara bajo el puente elevado y doblara a la izquierda, la ruta al Sur. ¿Pero Jasper? Eso a mí no me lo pregunte. En mi vida había oído ese nombre."

David estaba muy disgustado, con el duplicado de la llave en la mano. ¡La familiaridad con la que el dependiente había tratado a su prometida le retorcía el hígado! Aunque ahora el panorama había cambiado. Ella se encontraba en calidad de "desaparecida". El compromiso de matrimonio quedaba en tela de juicio. Le pidió un directorio telefónico al dependiente e hizo una llamada. Escuchó una voz adormilada que respondió: "Centro Quirúrgico Bailey Square." Pidió hablar con Raiza y se la pusieron al teléfono en unos minutos. Ella se mostró muy sorprendida: "No tengo la menor idea David, yo no he hablado con Olga…"

Se despidieron y Raiza prometió llamarlo al hotel si tenía noticia alguna de Olga y su paradero.

Mientras meditaba veía en su mente la línea gruesa de color verde que observó en la computadora, el mapa, la ruta de Jasper. Eran 500 kilómetros saliendo rumbo al este de Austin y luego rozando por la parte norte de Houston. Le asaltó una duda al instante, pues ella nunca había manejado un auto desde que llegó de Moscú. Ciertamente no tenía licencia de manejar. Le parecía inverosímil que se hubiera lanzado a la calle como una piloto de fórmula uno sin haber siquiera guiado ese auto una sola vez. Además de que estuvieron bebiendo casi toda la noche. Obviamente había un tercero, un secuestrador de la desaparecida. Pensaba que tal vez ese ruso pelirrojo, grandote, ese tal Boris que la abrazaba tan encimoso el día de la *kermesse* en la iglesia de San Vasily el Bendito. Concluyó a ciencia cierta que la habían secuestrado. Pensó llamar a la policía, pero quiso primero medir las consecuencias. Podría resultar en un daño para ella. En la compañía de esos rusos tan sospechosos. Podía caer en las manos de la inmigración, ser deportada. Se recostó en la cama a meditar su desgracia y metió la nariz entre las sábanas. Suspiró profundamente y reconoció el dulce aroma de su amada, su esencia de mujer aún estaba fresca en las almohadas.

De pronto cayó un gran rayo, el trueno lo despertó de sus meditaciones. Acertó a tomarse una ducha para despertar. Tenía muchos asuntos que atender. El dolor de cabeza lo volvía loco pero el agua fría le reanimó y se avocó a resolver su situación. Apareció el rostro de Clarissa en su mente. Se enredó la toalla en la cintura y marcó el número de ella.

Contestó una voz femenina. "—Hola."

# 22

## Al borde de un ataque de nervios
## Sorpresa tras sorpresa

### Agosto 2008

Clarissa contestó el teléfono, tenía semanas sin noticias de David y Olga. Ignoraba que habían salido de la ciudad. David le hizo un resumen de su situación tan desesperada y le dijo:

—No tengo a nadie más a quien recurrir…

El receptor se quedó en silencio momentáneamente.

Luego ella dijo:

—¿En qué lío tan gordo te has metido David? Ya lo platicaremos después. Por lo pronto, ¿en qué puedo ayudarte?

Después de colgar, David se dirigió a la estación de policía e hizo el reporte del robo de su auto y su billetera. Le tomaron huellas digitales y obtuvo una credencial de identificación temporal. Clarissa le envió dinero, un giro telegráfico al Western Union. Cuando sonaron las 04:00 de la tarde, David se encontraba sentado en la terminal de autobuses Greyhound esperando la salida de las 05:25. Tenía en su poder un boleto a Houston que le costó nueve dólares. En una bolsa de papel traía todas sus pertenencias, dos camisas y un par de zapatos extra.

El policía le dijo que para reportar el auto precisaba la firma del dueño del vehículo en la cédula de registro. Ése era Memo Guerrero, su amigo, el dueño del auto que al principio se lo había prestado y luego se lo había vendido en abonos, aunque aún no terminaba de pagárselo. Ése era solamente uno más de las decenas de acertijos por resolver que cargaba en la mente.

En la terminal la televisión aullaba las noticias del día y una joven trataba de controlar a una nenita de escasos tres años mientras le daba de amamantar a un pequeño de meses en sus brazos. Observó a la joven madre ensimismada en sus tareas, ajena al mundo entero y su mente se transportó al rostro de Olga. ¿Tenía otros hijos Olga? ¿Era casada? Las interrogantes se apilaron en su mente. Tenía más preguntas que respuestas. Comprendió que en su afán de respetarle su privacidad, se había quedado en la oscuridad. No tenía la menor idea de quién era Olga. David le había abierto la puerta de su corazón a una desconocida. Habían planeado juntos el futuro de una vida llena de amor pero misteriosamente ella se había convertido en un espejismo.

Cuando se recostó en su propia cama en Pasadena, su morada de condición humilde había cobrado gran importancia. Cuando se vio en la lluvia, sin auto, con los bolsillos vacíos y a pie fue entonces que su apartamento de Pasadena le pareció un palacio digno de un rey. Cuando le dio carga al celular abrió la línea y tenía varios mensajes. Uno era de Hawai, ofertas para un crucero a las islas de ensueño; otro del banco, su cuenta de cheques estaba sobregirada; y el último, un mensaje de voz del 281 469 3868, el celular de Olga. Se le cortó la respiración al oír entre la estática la voz temblorosa de su amada:

"David cuando escuches este mensaje ya me habré marchado. Hay algo que tengo que hacer. Ojalá lo puedas entender. Es algo muy importante para mí. Quisiera volver y quedarme contigo. Eres un hombre adorable. Disculpa mis errores *sakhar*. Te quiero mucho. Adiós."

Eso era todo. Era un mensaje tan breve que se había vaciado el total de su emoción en cinco segundos. Escuchar así la voz de su prometida lo dejó frío, no hubo alusión alguna al secuestro. Se había grabado a las 05:30 AM del día anterior. David concluyó que obviamente fue dictado en el trayecto. Tal vez mientras Boris iba al volante pues se escuchaba en el ambiente el motor del auto y el tránsito de la autopista. Al revisar sus mensajes de texto, encontró un brevísimo adiós de ella:

"Lo siento, surgió algo muy importante, hay algo que preciso resolver. Tal vez nos vemos después. Te quiero mucho". Firmaba Olga.

Se preocupó por ella pues sabía que la visa estaba por expirar y una desavenencia con la ley le podía ocasionar un gran daño. La podrían arrestar o deportar. Marcó el número en repetidas ocasiones pero se encontraba apagado. Le dejó un recado:

—Olga, soy David. Estoy muy preocupado por ti.

¿Quién te secuestró? ¿Dónde estás? Por favor, háblame lo más pronto posible.

Dos intentos más y siempre con el mismo resultado. Llamó por teléfono a Memo Guerrero para lo del auto y se topó con una sorpresa. Memo no podía creer la aventura por la que pasaba David pero le comentó que el Toyota tenía un GPS, un aparato que él mismo le había insertado. David preguntó el por qué. Memo titubeó un poco pero al fin le dijo:

—¿Te acuerdas de que el carro yo se lo compré a mi ex, a Patricia? ¿Te acuerdas de ella? Por eso fue que la dejé. Yo sospechaba que salía con otro y ella lo negaba. Le puse el GPS al auto y los encontré juntos.

—Dios mío.

David quedó impactado, guardó silencio.

—Así pasó, —añadió Memo— por eso estacioné el auto en el garaje y no lo quise volver a ver.


Al día siguiente, conversando en el departamento con Clarissa ella perdió la paciencia y dio rienda suelta a las frustraciones acumuladas.

—Yo te lo advertí, —dijo— que no tenía sentido que buscaras romance en la Internet y mucho menos una extranjera, ¡una rusa! ¿Qué sabías tú acerca de ella, de su pasado? ¡Nada! ¿Sabe Dios qué equipaje emocional pudiera cargar sobre la espalda, esa mujer? Imposible que ella te lo fuera a contar todo. Lo siento mucho por ti David, pero yo te lo advertí.

David le confesó estar muy preocupado pues habían conocido en Austin a unos rusos de pésimo aspecto, especialmente un tal Boris. Tal vez la había secuestrado y estaba inmiscuida en algún negocio sucio, algo de espionaje o drogas, no sabía que pensar.

—Por eso estoy preocupado —le dijo David— solo Dios sabe que peligros corre Olga.

Clarissa le echó una mirada muy intensa y comentó:

—Ya lo ves, hasta que punto te ha engañado esa zorra. Es ridículo que estés preocupado por ella. ¿Cómo puedes ser tan inocente? ¿Es que acaso ella está preocupada por ti? Claro que no, ella logró lo que quería, te utilizó, te robó y te tiró en el bote de la basura. Y aun así ¿Tú estás preocupado por ella? Disculpa, pero es desmedida tu inocencia David. ¡Es increíble!

Clarissa se tomaba la cabeza con incredulidad y apuraba el último trago de su café. Él se quedó callado y solamente asintió con la cabeza decepcionado. Le dio la razón.

David decidió rescatar a Olga sin informar a la policía. Paró en la tienda de electrónicos Radio Shack. El dependiente le dijo que el localizador global geo positional tenía un radio de unas 50 millas pero no había garantía de que funcionara pues era un modelo descontinuado. A David no le importó nada, compró el detector y baterías nuevas, las cargó en su tarjeta de crédito. Esta aventura estilo ruso lo había vaciado por completo. Se le había agotado el efectivo.

Ese viernes compró lo esencial para preparar unos sándwiches para el viaje. Pensaba salir a Jasper en la mañana siguiente. Clarissa había aceptado llevarlo después de mucha insistencia. Cuando él entró a su apartamento la máquina contestadora tenía un mensaje: era de Clarissa.

"David, salí a una fiesta, es el cumpleaños de mi hermana. No voy a tardar mucho, vuelvo a eso de las diez. Estás loco, este viaje que quieres hacer, es una locura, pero si ya lo decidiste, yo te acompaño, nos vamos en mi auto. Adiós."

David se sonrió y suspiró profundamente.

Salieron a Jasper el sábado al amanecer. Tomaron la ruta 59 al norte. Clarissa al volante, David en silencio. Pasaron por Cleveland, Livingston, Woodville, comunidades boscosas de la zona texana que se encuentran en lo que se denomina "El gran bosque". Una inmensa cordillera de colinas de media altura poblada de una variedad muy rica de flora y de fauna. En el Lago de Livingston dieron vuelta a la derecha, hacia el este rumbo a Louisiana. Clarissa hacía esfuerzos para entablar conversación, pero David estaba en un estado de ánimo hermético. Solamente de vez en cuando se enganchaba en el diálogo. Al salir de Woodville, el localizador global empezó a dar unos avisos. Los dos se estremecieron y el resto del camino con los ojos muy abiertos se enfocaron en el aparatito con su luz verde y su marcador de la señal que cada vez se hacía más fuerte. Temblaban de la emoción cada vez que chillaba la chicharra.

Al llegar al poblado de Jasper cruzaron un arroyo y vieron una pista de aterrizaje muy grande a mano derecha rodeada de unos caseríos de hangares y bodegas. Al pasar por el sitio, la señal del aparato subió a lo máximo. David quería parar ahí pero Clarissa lo convenció de llegar primero a un hotel, estaba muy cansada. Sugirió varias veces que se dirigieran a la estación de policía, pero David se negó rotundamente.

Tomaron un almuerzo en un restaurante local que era como una bodega inmensa con mesas de aluminio. Platicaron con la mesera y le preguntaron si había una comunidad rusa en la zona. Ella hizo una cara de extrañeza total. En su acento ranchero les dijo que no. En la gasolinera corrieron con mejor suerte. El dependiente les informó que hacía varias semanas habitaba en la zona un hombrón muy fuerte que parecía ruso. Ahí lo veían de vez en cuando cargando gasolina en su Mercedes Benz color negro. Les comentó que el primer día el ruso buscaba vodka y que se había mostrado muy sorprendido al saber que Jasper es condado abstemio. Para comprar licor era preciso viajar 34 millas hasta la línea divisoria del siguiente condado.

David decidió parar en el Walmart y compró unos binoculares. De ahí se dirigieron de nuevo casi al atardecer al aeropuerto y prendieron el GPS. El aparato se volvió loco al acercarse a la pista aérea. Fueron adentrándose en el caserío humilde que rodeaba la pista y se estacionaron a tres cuadras de donde David reconoció la parte trasera de su Toyota. Estaba estacionado en una cabaña de mal aspecto al margen del camino, en la calle Cypress. Esperaron una hora, Clarissa estaba muy impaciente y asustada. De pronto, a lo lejos, con los binoculares pudieron observar a Olga que salía de la casa y abría el maletero del auto. Luego se le acercó el acompañante un hombrón fuerte muy alto con barba, en camiseta sin mangas. Le ayudó a bajar unas cajas del maletero del auto. A la vez se le acercó, la abrazó y le dio un beso mientras la sujetaba con sus manazas de la cintura y le daba palmadas en el trasero. Luego se metieron en la cabaña.

David estaba rojo de ira. Era un desconocido, no era el Boris que lo mataba de celos. "¿Quién diablos era ese monstruo? ¿Cómo fue que la secuestró el muy desgraciado?", pensó. Clarissa lo miró asombrada y le dijo:

—Yo la veo muy contenta. No está secuestrada, parece que se conocen bien esos dos.

# 23

## Desenlace
## Pagando el precio

Agosto, 2008.

Después de que vieron a la pareja de rusos en el caserío del aeropuerto, David y Clarissa se volvieron al hotel para planear qué hacer. Pasaron la tarde discutiendo sin lograr decidir nada. David propuso que salieran a respirar aire puro. Estaba como un demonio encerrado allí. Él tomó el volante, manejó por media hora, se dirigió directamente a la línea del condado y compró dos botellas de vodka y dos paquetes de cerveza. Se volvieron al cuarto. Pasó la tarde, comieron unos bocadillos.

David empezó a tomar y le vinieron a la mente todas las cosas que había hecho para ayudar a Olga. Se imaginaba que el esfuerzo que hizo era como haber escalado una gran montaña y al llegar a la cima, sudoroso y agotado, se hubiera encontrado un mensaje escrito expresamente para él. Una hoja doblada bajo una piedra. Al leer ese papelito el mensaje imaginario rezaba, "¡Lárgate al diablo David!"

—Vamos ya Clarissa, ¡déjame ir a hablar con esa desgraciada! —exclamó David exasperadamente.

—Estás loco.

David agitaba las manos mientras le decía:

—Te juro que esa maldita me debe una explicación. Ahí tiene mi auto, me robó el dinero y la cartera y me dejó varado sin misericordia. Estos desgraciados rusos ahora me van a escuchar a mí. Vamos, anda.

Clarissa no estaba de acuerdo, le daba miedo porque el ruso era un matón.

—Vamos a llamar a la policía David, es mejor ponerlo en sus manos…—No toques ese teléfono, esto es una cosa personal. A mí no me importa el ruso, esto es una deuda entre ella y yo, después que me dé la cara y me devuelva mis cosas se puede largar al diablo. Yo ya me voy. Fue en ese momento que Clarissa se quedó impresionada con la actitud de David. Porque ella le había tenido lástima por sus infortunios; y lo admiraba porque era muy atento y muy honrado además de ser guapo. Pero cuando David se arrancó a recriminarle sus traiciones a los rusos sin importarle las consecuencias. Ahí cayó en la cuenta que era muy valiente.

David abrió la puerta del cuarto y se encaminó al estacionamiento, Clarissa lo alcanzó corriendo y se paró frente a la puerta del guiador sin dejarlo pasar

—Dame esas llaves, yo manejo tú has tomado mucho.

David se quedó inmóvil y la miró directamente a los ojos. Sus pupilas se humedecieron cuando le dijo:

—Clarissa, en verdad te digo que tu has sido una persona maravillosa conmigo. Nunca te lo he agradecido abiertamente. Has hecho tanto por mi. No entiendo como he podido ser tan ciego! Se acercó a ella, le entregó las llaves y la besó tiernamente en la mejilla.

Clarissa montó en el auto y las manos le temblaban, tenía mucho miedo. Tomó la ruta siete y dio vuelta a la izquierda en la calle Bowie. Sobre la derecha sobresalía la Iglesia bautista que alumbrada de noche mostraba un enorme crucifijo apostado en el frente delineado con un color azul neón muy intenso. Los nudillos de sus manos estaban blancos mientras sujetaba el volante. La marquesina del templo tenía un anuncio en blanco y rojo que decía:

"Cuando estaba agobiada de penas y dolor, Tu le diste consuelo a mi alma, jehová."

Clarissa se persignó resignada y se dirigió de prisa a la pista aérea.

Llegaron al aeropuerto. David y Clarissa se encontraban ya a cincuenta metros de la cabaña. Se habían estacionado detrás de unos arbustos al margen de la brecha que conducía al callejón Cypress. Con los binoculares David observaba el entorno y era evidente que ahí estaban los dos rusos adentro. El Mercedes Benz color negro y el Toyota Corolla se encontraban estacionados en la esquina de la calle Cypress y la avenida Emerald, frente a la cabaña. La choza destartalada era en realidad dos casas móviles pegadas hechas de paneles despintados de madera y aluminio.

El porche de la entrada tenía un techo en declive. Un farol amarillento alumbraba dos escalones de madera. Clarissa hizo un último intento de disuadir a David de no acercarse más.

—Te vas a meter en un lío muy gordo ¿No viste el tamaño del hombrón? ¡Ese fortachón nos va a matar! ¿Por qué no le dejas esto a la policía? Que ellos lo resuelvan.

—No señor. Esto me lo van a explicar a mí en persona.

Así contestó David con mucha autoridad pues ya se había bebido unas cervezas y continuó:

—Ahora me explican todo. Según parece está secuestrada pero la veo feliz y sonriente junto a ese monstruo. No señor, ya me cansé de ser bueno. Esto lo vamos a discutir como gente civilizada.

—¡Como gente civilizada! —subrayó exasperada Clarissa—. Estás loco, ¡ese tipo es un matón!

—Ahora me van a oír esos dos y me van a dar la cara —dijo él golpeándose la mejilla con el revés de los cuatro dedos de la mano avanzando decididamente—. Es lo menos que pueden hacer. ¡Qué me den la cara!

Se encendió una luz y a través de la ventana David pudo identificar a Olga quien gesticulaba y gritaba mientras discutía con alguien que no estaba a la vista.

Ahí dentro la pareja sostenía una acalorada discusión. El hombre le había preguntado que cómo lo pudo encontrar en su escóndite remoto, en Jasper. Ella respondió que Boris Rostov lo había localizado a través de sus contactos. Mitya se negaba a aceptar la explicación. Olga increpaba a Mitya acerca de los hechos de aquellos días en Beslan, en agosto y septiembre del 2004.

—Explícame una vez más que pasó con mi hijo, quiero saberlo todo. ¿Por qué lo mataste?

—Ya te dije que yo no lo maté. Lo mataron los rusos. ¿Recuerdas cuando te fui a ver ese martes por la tarde, cuando te hice el amor apasionadamente? Te deseaba con ansias porque sabía que al día siguiente yo iba a estar muerto. Era mi última ocasión de estar contigo.

—¿Tú piensas que me hiciste el amor? Puerco salvaje, me violaste. Eso fue lo que hiciste. Eso no fue hacer el amor. Me golpeaste la cara, me dejaste amoratada.

—Perdón, lo siento mucho. Fue un día de emociones muy fuertes y estaba bajo órdenes estrictas del mariscal de no decir nada.

—Las órdenes de ese asesino a mí no me importan. Tú mataste a Soslan, por tu cobardía, con tu silencio.

—Yo no lo maté, yo traté de salvarlo. Cuando vi que las cosas emperoraban me lo cargué en la espalda lo llevé a la puerta para escapar. Justo en eso empezó el ataque de los tanques rusos. En el fuego cruzado Soslan recibió ese balazo, ya casi estábamos a salvo.

—Tú lo podías haber salvado tres días antes, Mitya ¡Monstruo salvaje! Me debías haber alertado o al menos debías haber tenido la hombría de morir ahí adentro tú mismo junto con Soslan y Valentina y con esos asesinos, tus cómplices.

—No fue culpa nuestra. Los rusos se negaron a dialogar, ellos fueron los que le dispararon a la escuela y a la gente, con sus lanzallamas.

—Silencio, no digas una palabra más. Tú y tus compinches introdujeron los explosivos en donde había tantos niños inocentes. A sabiendas de que ponían a los rusos en una situación imposible de resolver sin derramar sangre. ¡Estúpidos! ¿Acaso pensaban que Putin los iba a dejar salir en libertad como si no hubiera pasado nada? ¡Estúpidos! ¿Cómo pudieron ser tan crueles y tan estúpidos?

Eso discutía la pareja cuando David a unos pasos de la cabaña y le dijo a Clarissa:

—Aquí quédate tú.

Clarissa se negó a dejarlo solo. David repetía su discurso en voz alta. Lo que pensaba reclamarle a Olga:

"Esto es una burla, primero me dices que me quieres, que te vas a casar conmigo, vives en mi casa tres meses, y de la noche a la mañana te secuestra este ruso barbudo y juntos me roban mi auto, y me dejan en la calle como un idiota. No señor. Esto es una burla. ¡Ahora me van a escuchar a mí!"

Apenas dejaron sus labios las últimas palabras David subió los dos escalones del frente, tocó enérgicamente dos veces y se puso las manos en jarras. Clarissa estaba dos pasos atrás de él, temblorosa. Le corría sudor frío por la frente. Se escucharon ruidos adentro de la cabaña y se encendió la luz de la sala. David tocó la puerta con fuerza una vez más. Alguien abrió. Una cadena de seguridad dejó la hoja de madera entreabierta. Por el estrecho resquicio apareció la cara desencajada de Olga, con una palidez asombrosa. Se llevó la mano derecha a la cara, un solo ojo desorbitado miró fijamente a David.

—*Boshe Moi,* David ¿Qué haces aquí?

Ella temblaba de pánico. Vestía un sedoso *chemisse* de color rojo revelando sus senos.

—¿Y esa prenda? —dijo David furioso—. ¿Por qué andas vestida con la ropa que yo te regalé? ¿No te da vergüenza? ¡Traidora!

Ella alzó los hombros con indiferencia y se alzó el corpiño. David se percató de que tenía un ojo amoratado.

—¿Qué es esto? Mira esa cara. ¿Qué está pasando Olga?

—No te importa —gritó ella—. Un error muy grande tú venir aquí. Más vale te retiras de inmediato por tu propio bien.

David respondió al instante.

—Yo no me muevo de aquí, exijo una explicación y me devuelven mi carro y mis cosas.

Se escuchó de pronto un rugido, era como una explosión proveniente de la habitación.

—*Olen'ka, chto?* (Olgucha, ¿qué diablos pasa?)

Entró en escena la bestia. Apareció el hombre. Era un grandulón de más de dos metros. Vestía calzones cortos y una camiseta sin mangas. Los músculos parecían reventarle la ropa. Una vena muy inflamada le corría por la mitad de la frente. Tenía los pelos largos hasta los hombros. Unos pelos que parecían de alambre y una hirsuta barba. Fijó la mirada en David y luego en Olga y les dijo en ruso:

—¿Hah, *chto?* —preguntaba qué estaba pasando. David le contestó con firmeza.

—Esto es un asunto privado que nos concierne solamente a Olga y a mí.

El hombre empujó a Olga y de un manazo arrancó la cadenilla de seguridad. La hoja de madera se abrió de par en par. A pesar de su tamaño era muy ágil. En un instante se aproximó a David y lo tomó de la solapa y lo levantó en vilo. David abrió la boca para decir algo pero el hombrón lo metió a la choza y lo estrelló en la pared. El cuerpo de Davidoff rebotó en la pared y cayó estrepitosamente al piso de linóleo. El hombrón aguardó un instante y apenas David empezó a moverse lo atacó en el piso con una patada salvaje en la cara y luego en las costillas. El impacto causó que el torso de la víctima rotara sobre su eje como un títere. David quedó inconsciente boca abajo. Olga entró corriendo a la habitación. Clarissa estaba agarrada fuertemente del marco de la puerta, sin entrar, sin respirar, paralizada, observando la sangre que empezaba a brotar de la nariz de David.

El monstruo estaba parado encima del cuerpo de su víctima, esperando cualquier movimiento para seguirlo castigando. Un fogonazo deslumbró a Clarissa, se escuchó tremenda explosión. El cuerpo del matón voló medio metro y cayó al suelo aplastando la humanidad de David contra el piso. Un manchón de sangre apareció en la espalda. Se escuchó un segundo disparo y se estremeció de nuevo el hombre. Olga, pistola en mano, avanzó hacia ellos y a boca de jarro le disparó una vez más, en esta ocasión en la nuca. El olor a pólvora era insoportable. Los tímpanos de Clarissa parecían haberse reventado. Estaba sorda. Un tremendo chillido inundaba su cerebro. Olga dio un profundo suspiro y volteó a ver a Clarissa quien trastabilló hacia adelante para liberar a David de la masa sangrante y pesada de aquel hombre que agonizaba. Al tomarlo de las manos y del pelo, se le mancharon los dedos de sangre. Lograron juntas con gran esfuerzo arrastrar a David y liberarlo del tremendo peso. Al despertar David, lo aguardaba una escena infernal. Todo era silencio.

—Mataste a tu amigo… Olga, ¿qué significa todo esto?

—¿Mi amigo? Este salvaje no era amigo de nadie — Olga lanzó un escupitajo al suelo—. Éste era un cerdo checheno, un terrorista. Me golpeaba, se aprovechó de mí y luego asesinó a mi hijo… —su voz se quebró por un momento—. Este demonio mató a mi Soslan.

—¿Quién es? —preguntó Clarissa con una voz apenas perceptible—. Los vimos juntos ayer, él te besaba, lo abrazaste. ¿Era tu novio?

—Este miserable era el terrorista fugitivo, Dmitry Bajanjan. Yo lo conocí en Beslan, éramos amigos. Este cerdo entraba en mi casa, comía en mi mesa, gozaba de mi cuerpo y no le interesó salvar a mi hijo. Este maldito no merecía estar vivo.

Olga dio un paso atrás y se recargó en la pared.

—Ahí está ya, lo maté.

Dio un gran suspiro. Tenía el arma de Mitya en la mano. David se incorporó y le preguntó:

—Ahora qué vas a hacer Olga, en cualquier momento llega la policía, de seguro alguien escuchó los disparos.

—A mí que me importa —contestó la rusa.

—Te van a deportar. Seguro que vas a la cárcel.

—Yo no voy a cárcel. Yo me escapa.

¿A dónde vas a ir? —preguntó David.

Olga se irguió medio desnuda en el centro de la sala con la mirada perdida en la distancia. El *negligee* de seda roja que dejaba entrever todos sus atributos femeninos y el ojo amoratado le daban un aspecto ridículo y desolado.

—No voy a ninguna parte —gritó ella—. Yo hace años que ya estoy muerta. Ya cobré mi venganza. Era mi secreto. Pero ahora tan solo de pensar en la muerte me siento feliz. La muerte, que dulzura, voy a ver a mi Soslan.

Una enigmática sonrisa se dibujó en sus labios y en el acto se llevó el cañón del arma a la boca, cerró los ojos y jaló el gatillo. En la explosión y la luz deslumbrante se derrumbó su cuerpo como se derrumba un edificio demolido. Una llovizna de sangre pintó el techo y la pared de rojo. En el suelo, desplomada, moribunda, respiraba con el estertor de sus últimos suspiros. Un charco de sangre mojaba sus ropas.

Clarissa marco el número 911.

—Policía —contestó la operadora—. ¿Tiene una emergencia?

—Ha ocurrido una balacera cerca del aeropuerto en la calle Cypress… Hay dos muertos.

—No cuelgue el teléfono. ¿Se encuentra usted bien?

¿Hay algún herido, requiere ambulancia?

Clarissa escuchó un golpe y volteó a la izquierda. David se había desmayado, presa de espasmos epilépticos, estaba tirado en el suelo, escupía sangre y espuma por la boca.

—¡Sí! —dijo ella—. ¡Necesito una ambulancia de inmediato!

EL FIN

# 24
# Epílogo

El 29 de septiembre de 2008, David Davidoff dio cristiana sepultura a Olga Mikhailovna Sobolova. Fue internada en un lote aledaño al cementerio Weeks de Rayburn, Texas. Sus cenizas descansan en una tumba sin nombre.

El 23 de noviembre de 2008 el cuerpo del agente secreto conocido como Boris Rostov fue encontrado sin vida en el asiento trasero de su auto. El vehículo se hallaba estacionado a tres cuadras de su propio domicilio en Austin, Texas. El occiso había recibido un solo tiro en la nuca.

El 24 de febrero de 2009 en la cárcel Federal de Quántico en el estado de Virginia fue ingresada al penal Raiza Gavrilovna Tchichikov. Inició el cumplimiento de una sentencia de 18 meses de cárcel. Fue hallada culpable de ocultar información a los Estados Unidos en relación a la búsqueda y asesinato del terrorista fugitivo Dmitry Bajanjan.

El 25 de mayo de 2009 en la capilla Adventista de Fort Bend, Texas, Clarissa Heidi Kane y David Davidoff contrajeron matrimonio. La ceremonia fue sencilla y conmovedora. Los acompañaban un selecto grupo de amistades.

La Corte Europea de los derechos Civiles en Brucelas considero las acusaciones de un grupo de familiares en contra de La Federación Rusa por la tragedia de Beslan. En Abril del 2017 el veredicto fue publicado. Rusia fue hallado culpable de negligencia por no haber usado todas las posibles opciones para evitar el derramamiento de sangre durante el secuestro en la escuela de Beslan. La corte concluyo que el gobierno Ruso dirigió la maniobra con abuso indiscriminado de fuerza y sin consideración alguna en salvar las vidas de los rehenes.

———◦◦◦———

CPSIA information can be obtained
at www.ICGtesting.com
Printed in the USA
BVHW091040110422
633959BV00005B/125